COLECCIÓN  TEO-FICCIONES

ANTIFAZ NEGRO.
El impacto de lo religioso en la vida de un niño.
de Osvaldo D. Vena. 2020, JUANUNO1 Ediciones.

ALL RIGHTS RESERVED. | TODOS LOS DERECHOS RESERVADOS.
Published in the United States by JUANUNO1 Ediciones,
an imprint of the JuanUno1 Publishing House, LLC.
Publicado en los Estados Unidos por JUANUNO1 Ediciones,
un sello editorial de JuanUno1 Publishing House, LLC.
www.juanuno1.com

JUANUNO1 EDICIONES, logos and its open books colophon, are registered trademarks of
JuanUno1 Publishing House, LLC. | JUANUNO1 EDICIONES, los logotipos y las terminacio-
nes de los libros, son marcas registradas de JuanUno1 Publishing House, LLC.

Library of Congress Cataloging-in-Publication Data
Name: Vena, Osvaldo D., author
Antifaz negro : el impacto de lo religioso en la vida de un niño / Osvaldo D. Vena.
Published: Miami : JUANUNO1 Ediciones, 2020
Identifiers: LCCN 2020941626
LC record available at https://lccn.loc.gov/2020941626

FIC042100 FICTION / Christian / Contemporary
FIC041000 FICTION / Biographical
FIC026000 FICTION / Religious

Paperback ISBN 978-1-951539-33-7
Ebook ISBN 978-1-951539-34-4

Editora: Marta Rosa Mutti
Diseño de Portada: Eugenia Martínez
Diagramación y Realización Ebook: JuanUno1 Publishing House
Director de Publicaciones: Hernán Dalbes

First Edition | Primera Edición
Miami, FL. USA.
-Agosto 2020-

ANTIFAZ NEGRO

Osvaldo D. Vena

COLECCIÓN TEO-FICCIONES

JUANUNO1
EDICIONES

DEDICATORIA

Para todos los Antifaces Negros del mundo, que tienen que esconderse detrás de una máscara para gritar su verdad.

ÍNDICE

PREFACIO

¿Por qué escribimos? La respuesta es sencilla: escribimos porque hay algo dentro nuestro que necesita ser compartido. Y lo hacemos no para expresar una idea universal o registrar un dato histórico irrefutable sino para expresar un punto de vista particular, nuestra visión del mundo. Las historias que siguen obedecen a este principio: son todas creaciones del autor, ninguna pretende acercarse a la realidad de manera absoluta. Ninguna está equivocada. El error no existe en la escritura, solo la percepción subjetiva de la escritora o el escritor.

Aunque están informadas por las vivencias del autor durante los años sesenta y setenta en una ciudad de la Argentina, pertenecen al género de la auto ficción, en donde la realidad y la imaginación conviven y se retroalimentan. El narrador es Pedro, quien describe su familia, la casa en donde vivió, las distintas personas que la habitaron, y la iglesia evangélica a la que asistió. Todos estos personajes se constituyen en verdaderos catalizadores de la sociedad de ese tiempo. Todos han sido fuertemente influenciados por la iglesia, y sus acciones son generalmente explicadas y justificadas por este dato. Incluso cuando no sea evidente, lo religioso está latente en cada historia y solo basta saberlo para descubrirlo.

Algunos de los temas más sobresalientes son la vida del inmigrante, la sexualidad, la muerte, la fe, las relaciones humanas, la función formadora de lo religioso, todos ellos entretejidos en la narrativa como una suerte de indecibles que se materializan en confesiones a través de la palabra escrita. Son pedazos de subjetividad hechos realidad a traves de una narración que desnuda sin escrúpulos el alma de un niño y de la sociedad que lo vio crecer.

Las historias de este libro tienen como propósito darle voz a un grupo religioso minoritario, los evangélicos, y criticar los privilegios no asumidos del *status quo* en un país marcado por grandes diferencias sociales, sexuales, raciales, políticas, religiosas, e intelectuales. No evidencian resentimiento, como se podría llegar a pensar, sino que afirman que ciertas vivencias son tan válidas como otras pues no hay nada que las distinga cualitativamente. Al criticar la meta-narrativa de la cultura oficial y descentrar la hegemonía de la heterosexualidad y el patriarcado asumidos en ella, estas historias se encuentran claramente arraigadas en la posmodernidad.

En esta invitación a entrar al mundo seudo ficticio de *Antifaz Negro*, lleno de situaciones hermosas y de las otras, de nacimientos y muertes, cirugías exitosas y suicidios, risas y llantos, en fin, toda la variada gama de las experiencias que nos hacen humanos, se espera que las lectoras y los lectores puedan descubrir la trayectoria ideológica del autor y encontrar en ella las herramientas necesarias para su propia decostrucción y crítica cultural.

INTRODUCCIÓN

Me llamo Pedro, y quiero contarles la historia de mi familia. Nací y crecí en una ciudad de la provincia de Buenos Aires, Argentina, en los años cincuenta, cuando tratábamos de entender quiénes éramos como país (todavía lo estamos haciendo... sin mucha suerte). En aquel tiempo nuestra sociedad gambeteaba el futuro entre opciones opuestas e irreconciliables: ser militar o democrático, radical o peronista, católico o protestante. Nada era gris, todo era blanco o negro. No había medias tintas.

Mi familia era protestante, o evangélica. Este no es un dato sorprendente puesto que el protestantismo llegó a la Argentina en el siglo XIX después de las invasiones inglesas y con los asentamientos escoceses y galeses en la Patagonia. Pero el tipo de protestantismo en el que yo me crie había venido de los Estados Unidos a principios del siglo XX, haciéndose notar significativamente después de la segunda guerra mundial como consecuencia de un agresivo programa de neo colonización por parte de ese país que utilizó a los misioneros como sus agentes inconscientes. Con los misioneros llegaron también las "bendiciones" del capitalismo: las empresas multinacionales, los armamentos bélicos, los préstamos de la banca internacional, y cosas más mundanas como el chicle, el blue jean y la música de rock, entre otras.

El protestantismo al que me refiero era de un conservadorismo teológico acérrimo, basado en una lectura literal de la Biblia a la que considerábamos nuestra única fuente de autoridad siguiendo aquella famosa máxima de Martin Lutero, *sola escritura*, sobre la cual la Reforma había construido todo su edificio ideológico. En ella encontrábamos argumentos y fuerzas para contrarrestar las burlas de una población mayoritariamente católico romana. Tratar de convencerlos de que sus santos, sus vírgenes, y su acatamiento a la autoridad papal eran una aberración teológica y una verdadera blasfemia contra Dios nos daba una gran satisfacción, pues nos hacía sentir justos y virtuosos. Yo crecí en este ambiente, al margen de la cultura religiosa oficial, con una especie de identidad sectaria de la que estaba a la vez avergonzado y orgulloso. Avergonzado como cuando me decían: "Si a vos la religión te prohibe bailar, fumar, tomar alcohol, tener relaciones sexuales, ¿para qué vivís?" Y orgulloso como aquella vez en la escuela secundaria cuando me llamaron a dar la lección—era sobre Egipto—y gracias a mi conocimiento del tema por haberlo leído en la Biblia, dejé a todos impresionadísimos, sobre todo al profesor, que me mandó a sentar diciéndome: "Ya está, es suficiente, tiene un diez." Ese día mi marginalidad religiosa me catapultó a un protagonismo inesperado, similar al del patriarca José en Egipto.

Pero hay otro elemento en mi marginación y es el sentimiento de inferioridad que experimentara por el hecho de pertenecer a la clase de los artesanos, un grupo social que se ubicaba por encima de los pobres, pero un tanto por debajo de la clase media. Pertenecíamos a ella por obra y gracia de la profesión de mi padre, zapatero, un oficio muy común entre los inmigrantes italianos.

En mi ciudad había dos fronteras sociales, una natural, el arroyo; la otra artificial, las vías del tren. Ambas demarcaban el límite entre la civilización y la barbarie, como diría Sarmiento. Detrás del arroyo vivían los descendientes de los indios pampas, que habían habitado esta región en el siglo XIX. Detrás de las vías vivían los pobres, a los que llamábamos "negros", pero que en realidad eran mestizos, gente del interior del país que hacían las tareas más denigrantes: basureros, barrenderos, camioneros, y otras profesiones similares. Entre estas dos barreras sociales y emocionales vivían los demás: ganaderos, estancieros, militares, profesionales, negociantes y artesanos. Arrastré esta doble marginación hasta que la gran urbe de Buenos Aires vino en mi auxilio ofreciéndome el piadoso anonimato de sus calles. Pero me estoy adelantando a los acontecimientos. Primero quiero contarles qué sucedió el día en que me inventé a *Antifaz Negro*. Pero para eso van a tener que leer la primera historia.

NACE ANTIFAZ NEGRO

*"Pero él les mandó que no dijesen
esto de él a ninguno"*
Evangelio según San Marcos 8:30

Desde mi mundo de soldaditos de plomo y autitos de plástico, que instalaba diariamente en el soleado patio de la casa, yo observaba pasar a mi padre ocupado en las tareas del taller de zapatería. Iba del taller a la cocina a buscar el mate, o al baño. Veía sus piernas, y el delantal de zapatero, pero raras veces me detenía a observar su rostro. Inmerso en mi realidad, yo contemplaba la de mi padre sin dejar que esta me afectara. La mía era controlable, predecible, acogedora. La de mi padre no. Nunca se sabía cuándo iba a venir la próxima cachetada, o la próxima mirada fulminante, o la próxima orden: "¡Vaya a barrer la vereda, y ayude a su madre!" Mi mundo, el del patio, ese que me invitaba todos los días a escapar de una realidad adulta que no llegaba a entender, o quizás no quería entender, era mi refugio emocional y creativo. Allí inventaba situaciones e historias donde yo era el protagonista principal, no mi padre. Ahí fue donde nació *Antifaz Negro*.

Trataba de emular al Zorro, había leído de sus aventuras y

hazañas en las revistas de historietas. Como él, quería ser el defensor de los débiles, sobre todo de las niñas lindas e inalcanzables. Pero no tenía el apellido de alcurnia de aquel célebre californiano, De la Vega, ni su sofisticado nombre, Diego. No, mi nombre era común, Pedro, y mi padre no era el representante de la corona española en Los Ángeles sino el zapatero del pueblo. No obstante, yo pensaba que igual podía repetir las hazañas del Zorro. Así que un día, con las sobras de cuero que encontré en el taller de zapatería, me hice un antifaz y, como don Quijote de la Mancha, me di a mí mismo un nombre: *Antifaz Negro*. De ahí en más, y mientras tuviera puesto el antifaz, yo ya no era Pedro, era *Antifaz Negro*.

Por aquel entonces yo vivía en dos domicilios: en la casa paterna, y en la iglesia evangélica del pueblo. En ambos domicilios había un padre autoritario que me controlaba y limitaba. A uno podía ignorarlo, si quería, lo cual a veces hacía, ocultándome en mi mundo de juguetes, o enterrando la cabeza en la diaria tarea escolar. Al otro no. Era imposible evitar, en cada rincón de mi ser y en todo lugar, la presencia permanente de ese otro Padre, omnipotente y omnipresente.

Transitaba entre las dos casas con la constante sensación de que mi vida estaba siendo supervisada vertical y horizontalmente. No era libre ni para pensar, porque aún mis pensamientos más íntimos eran controlados por el Padre Celestial; y no era libre para actuar, porque todas mis actividades eran supervisadas por el padre terrenal.

El único momento en que podía ser yo mismo era cuando me ponía el antifaz. Ahí era otro y disfrutaba de una cierta autonomía y libertad. Me daba el lujo de soñar cosas, de imaginar mundos, de ser el héroe valiente de historias inéditas. Era otra persona. El antifaz parecía protegerme de mi mismo, de mi propia inseguridad por ser el hijo menor de una familia de seis, de los recuerdos de las veces en que mi padre me castigara por trivialidades, como aquel día cuando compré una revista en el kiosco equivocado y la paliza que me dio hizo que me orinara encima. Ese incidente me marcó para el resto de mi vida. Malentender una cierta información fue algo que determinó, ya de grande, decisiones importantes.

Con el antifaz puesto me animaba a todo, hasta a falsificar la firma de mi padre en el examen aquel de matemáticas que luciera un 2 primoroso, o a fumarme a escondidas un cigarrillo robado del saco sport de mi hermano, quien había regresado del servicio militar con ese vicio inmundo, según decía mi madre, y lo había descalificado de la membresía de la iglesia evangélica del pueblo, no solo porque el que fumaba era un pecador empedernido que terminaría sus días en el infierno, sino también porque se había puesto de novio con una chica católica, con la que finalmente se casaría en la parroquia de la virgen de Luján, atrayendo sobre sí, según la opinión generalizada de los evangélicos, la ira de Dios. ¡Casarse en una iglesia católica! ¡Qué blasfemia, rodeado de todos esos santos y vírgenes! Por eso me ponía el antifaz y así, creía yo, me hacía invisible. Nadie me reconoce, pensaba, y me sentía seguro. Ocultaba mi verdadero yo detrás de una máscara que parecía darme una cierta inmunidad contra la crítica de una sociedad en donde no había lugar para un niño de diez años con imaginación de poeta y que se creía el protagonista de una historieta de la cual él era también el autor.

Un día, cuando finalmente decidí salir por el barrio a buscar doncellas en apuros y débiles en necesidad, me di cuenta que antes debía comprobar si el disfraz funcionaba, o sea, si me hacía pasar desapercibido. Pero ¿cómo hacerlo sin despertar sospechas? Tendría que probar la eficacia de mi personalidad secreta con alguien que no la delatara en caso de que el antifaz no funcionara. Loló es la persona adecuada, pensé. Ella era mi sobrina, unos años menor que yo, quien solía venir a menudo de visita. En una de esas ocasiones, y cuando se encontraba distraída jugando con sus muñecas, tomé coraje, me puse el antifaz y asomándome por una ventana pequeña que comunicaba la despensa con el patio posterior de la casa grité: —¡Boo!

—¡Ay!, contestó Loló aterrorizada, y salió corriendo a refugiarse, llorando, en las polleras de mi madre quien, secándose las manos en el delantal, demandó una explicación.

—La nena dice haber visto un enmascarado. ¿Eras vos? Primero lo negué:

— ¿Un enmascarado? ¿Qué querés decir? No he visto a nadie por aquí…

Mi respuesta no fue muy convincente así que, después de dos o tres intentos por negar el hecho, tuve que sacar el antifaz del bolsillo y mostrárselo, avergonzado, a mi madre.

—Así que eras vos, ¿eh? ¿Y cómo se te ocurrió asustar así a la nena? ¡Que no se vuelva a repetir!

Aunque aparentemente el disfraz había funcionado, ya

que Loló no se dio cuenta de que Antifaz era yo, lo mismo quedé destrozado, no tanto por la reprimenda, sino más bien por el hecho de que mi identidad secreta había sido descubierta. ¿Cómo iba ahora a proseguir con mi misión? Seguramente Loló iba a contárselo a todos y el plan se arruinaría. Pero para mi sorpresa no lo hizo, así que cuando las cosas se calmaron decidí continuar con mi tarea justiciera. Pero esta vez iba a tener que llevar mi acto fuera de casa. Y la oportunidad se me presentó un par de días después.

Hablando con dos chicas amigas, a quienes secretamente esperaba conquistar con mi audacia y mi valor, les comenté sobre *Antifaz Negro*. Les expliqué quién era este individuo a quien, de pura casualidad, había conocido una vez. Y les dije que si alguna vez se encontraran en algún peligro todo lo que tenían que hacer era llamarlo: ¡*Antifaz Negro*! Las chicas quedaron embelesadas.

—¿Estás seguro de que si lo llamamos vendrá? —preguntaron a coro.

—Por supuesto, — repliqué con cara de bobo. —*Antifaz Negro* nunca falla.

Al día siguiente una de las chicas me confesó que la noche anterior había hecho una prueba. Había llamado a *Antifaz Negro* fingiendo estar en apuros y ante su desconcierto este nunca apareció.

—Ah, dije, pero eso es porque no estabas *realmente* en peligro. Si lo hubieras estado, él hubiera venido a rescatarte. Ese tipo tiene un sexto sentido para olfatear el peligro (aunque no para detectar situaciones vergonzosas, como el lector pronto descubrirá). Como no vi que mi argumento las convenciera, pensé que necesitaba hacer algo drástico, y pronto. O sea, que *Antifaz Negro* debía entrar en acción lo antes posible. Y así fue.

Unos días después me encontraba en el club deportivo del barrio presenciando un evento gimnástico junto con mis dos amigas. Con cara de estúpido, y como quien no quiere la cosa, les digo:

—Me parece haber visto a *Antifaz Negro* en la plaza. ¿Quieren venir conmigo y conocerlo? Pero déjenme ir primero así lo pongo de sobre aviso. No le gustan las sorpresas. Las chicas consintieron, así que partí raudamente hacia la plaza y al llegar me puse el traje de *Antifaz Negro*, o sea, el antifaz, que llevaba siempre en el bolsillo de atrás de mi pantalón corto. Me oculté detrás de un árbol y cuando las chicas se encontraban a una distancia prudente salí de mi escondite:

—¡Boo! — grité.

— ¡Ay! —exclamaron las niñas a coro. Pero en lugar de huir despavoridas, como había hecho Loló, se quedaron ahí, plantadas, como esperando una explicación de mi parte. Traté de escapar, pero ya era demasiado tarde. Todavía recuerdo el episodio claramente. Es como si estuviera allí, presenciándolo todo desde una esquina de la plaza, como en esas películas donde el personaje principal se ve a sí mismo minutos antes de que ocurra la escena. ¡Cuántas veces quise detener la película y evitar la vergüenza! Pero ese privilegio no nos es dado a los humanos, solo a los dioses, y a veces ni a ellos.

—Sos vos Pedro, —gritaron. No huyas.

Sintiéndome descubierto una vez más, y terriblemente avergonzado, corrí como un desaforado hasta llegar al club en donde ágiles niños y niñas ejecutaban dificultosas piruetas ante el asombro de padres y parientes. Me senté y traté de calmarme. Estaba agitado y un leve sudor me cubría el rostro. El corazón me latía como un potro que se desespera por salir de su corral. Cuando me quise acordar, las chicas ya estaban allí, acosándome con sus infames acusaciones:

—Eras vos en la plaza, Pedro. *Antifaz Negro* sos vos, ¡mentiroso!

—No, contesté — no sé de lo que me están hablando. Yo no me he movido de esta silla.

—¿Ah no?, replicaron, ¿Y cómo explicás entonces que estés todo traspirado, ¿eh? Se nota que corriste. Sí, vos sos *Antifaz Negro*. ¿Cómo llegaste a creer que no nos íbamos a dar cuenta? Esconderte detrás de un antifaz. ¿A quién se le ocurre? ¿Vos pensás que somos estúpidas?

En mi gran humillación, salí corriendo del club perseguido por la mirada desilusionada de las chicas. Ellas hubieran querido creer que *Antifaz Negro* existía pues en su mundo pueril de libros de cuentos había un lugar para tal personaje, al igual que lo había en mis revistas de historietas. Yo necesitaba una excusa para liberarme de mi condición de ser el hijo del zapatero del pueblo, socialmente invisible, un evangélico en medio de tanto catolicismo asumido, no demasiado deportista, como los otros chicos de mi edad, pero más bien un soñador un tanto tímido. El antihéroe digamos. Por eso el antifaz y la identidad secreta. Desde allí yo pensaba que podría ser el que no era. Pero mi plan fracasó y mis aventuras como *Antifaz Negro* llegaron a su fin antes de que siquiera comenzaran.

Luego del incidente escondí el antifaz y nunca más lo volví a usar. Quedó en el fondo de un cajón, durmiendo su sueño de personalidades secretas y aventuras inéditas. Pero algunas personas, amigos de la familia, a quienes narré mi vergonzosa experiencia, comenzaron a llamarme cariñosamente "Antifaz," y lo que al principio fuera motivo de vergüenza llegó a ser poco a poco parte de mi persona, y acepté el apodo gustosamente. Y un buen día me fui del pueblo y no volví nunca más. Y pensé que había enterrado el antifaz para siempre. Pero me di cuenta de que no fue así, que no podría haber sido nunca así porque yo había nacido ya con un antifaz, cosido en los pliegues más profundos de mi ser, el cual me había dado permiso para soñar, para crear, para disentir, para dudar, para soportar los castigos de mi padre, y para irme un día en pos de un ideal. Y con el correr de los años llegué a intimar con otros *Antifaces Negros*, entre ellos con un palestino de Galilea, quien según dicen anda todavía por ahí soñando utopías… aunque nadie le crea.

PAPÁ

¿De dónde sacó este tal sabiduría?
¿No es acaso el hijo del carpintero?"
Evangelio según San Mateo 13:53

Mi padre se hizo evangélico de grande. Antes de eso nadie sabe bien de su vida. La tradición familiar recogió algunos eventos aislados que pintan una semblanza interesante. Por ejemplo, que fue presidente de un club deportivo, aunque él nunca practicó ningún deporte. Que era muy buen mozo (hay fotos que lo constatan) y tenía fama de galán. Esto último por la historia que escuchamos cuando se encontraba en su lecho de muerte y que dice que una mujer, que llevaba un revólver en la cartera, andaba buscándolo para saldar quién sabe qué cuentas con él pero que papá eludió su acecho al casarse con mamá. Ese no es el padre que yo conocí, pero como dije anteriormente, su vida previa a su conversión al protestantismo es todo un misterio, al menos para mí. Sé bien que mi abuela no pudo aceptar el cambio de religión y por años trató de disuadirlo, aunque sin éxito. Papá siguió fiel a su nueva identidad, quizás porque esto le ayudó a exorcizar los demonios del pasado.

Viniendo de una familia de inmigrantes sicilianos, el fantasma de la mafia siempre rondó la casa. Papá tenía una actitud hacia la gente que hacía que lo respetaran. Nunca vi a nadie besarle el anillo, pero sí vi a muchos dirigirse a él con un respetuoso "don" antes del apellido. La gente se achicaba físicamente en su presencia. Y yo también. Recuerdo que durante las asambleas en la iglesia a la que concurríamos, cuando se ponía de pie para elaborar algún argumento, todos lo escuchaban con suma atención. Y cuando oraba, también de pie y de manera audible, no como en la tradición católica donde todos oran sentados y a la oración se le llama rezo y se dice en silencio y de manera pre-establecida, como el "Ave María" por ejemplo, cuando oraba su voz sonaba como la de un pastor. Y yo pensaba que si Dios no escuchaba semejante plegaria sería porque era sordo. Al terminar las asambleas muchos venían a felicitarlo mientras que sus enemigos ideológicos, que siempre eran las personas más acomodadas de la congregación (*Ahora sabés, Antifaz, de donde viene tu preferencia por los más débiles...*) lo observaban desde lejos con envidia...o con temor... nunca lo supe.

La iglesia evangélica le dio la posibilidad de continuar su práctica de auto-didacta. Había ido a la escuela hasta tercer grado de manera que tuvo que aprender a leer por sí mismo. Ya de grande practicó la lectura leyendo el periódico y los pocos libros que guardábamos en una vieja biblioteca. Pero sin dudas el libro que más leía era la Biblia. Todas las mañanas, antes de que la casa se llenase con los sonidos propios del taller de zapatería—el golpeteo incesante del martillo sobre la suela, que solía despertarme a menudo, el ruido de la pulidora levantando ese polvo que se colaba por todos los rincones, el traqueteo rítmico de la máquina de coser marca *Singer*—papá leía las escrituras. Se metía en ellas, se olvidaba del mundo, y se transportaba a otro, al bíblico, a las historias del pueblo hebreo, los salmos, los profetas, los evangelios y las cartas de Pablo. Por unos instantes dejaba de ser el zapatero del pueblo y se transformaba en un apóstol, predicando el evangelio a los paganos, cosa que trataba de emular cuando venía alguna persona y le preguntaba qué estaba leyendo. Aprovechaba entonces la oportunidad para "testificar", o sea, dar testimonio de su fe y trataba de convencerla sobre la necesidad de dejar el catolicismo y avenirse a la "verdadera" fe, la evangélica, como él mismo había hecho. Le mostraba pasajes bíblicos que aparentemente condenaban la veneración a los santos y a la virgen y otros que confirmaban fehacientemente que no existía el purgatorio y que el apóstol Pedro no había sido el primer papa. La gente se quedaba con la boca abierta y le preguntaba de dónde había sacado todo ese conocimiento, a lo cual él les respondía con orgullo: "De la iglesia evangélica, la de la calle Necochea."

Me enseñó a leer la Biblia cuando yo era muy chico. Me la ponía a la altura que me permitían mis seis años y me decía: —¿Podés leer esto? — Y yo le respondía: —Sí, puedo—Y con un cierto temor por no cometer un error y una gran emoción por poder posar mis ojos en el libro sagrado, le leía el pasaje. Lo practicábamos una y otra vez de manera que estuviera listo para cuando viniera alguien interesado en religión. Ahí me llamaba y me lo hacía leer ante el asombro de todos. Él siempre estuvo orgulloso de mí, pero nunca me lo dijo, por eso nunca lo supe.

Aunque en público era impecable, en privado papá tenía sus cosas. Hombre de pocas palabras, herencia que me pasó de manera irrefutable, se limitaba a dar su opinión solamente cuando se la pedían. Si no, daba órdenes inapelables que poco invitaban a la negociación. Su palabra era ley y muy pocas veces escuchaba las razones de mi madre, por lo menos no en público, aunque siempre sospeché que muchas de sus decisiones aparentemente absolutas y arbitrarias habían sido ya conversadas con ella en la intimidad de la habitación matrimonial, y llevaban el sello de su aprobación. Como aquella vez cuando regresé a casa un poco más tarde que lo debido y papá, irritado hasta lo sumo, estuvo a punto de propinarme el castigo habitual (*¡Y eso que ya tenías 17 años, Antifaz!*).

—Tu madre está preocupadísima y no puede dormir, —me dijo. — ¿Dónde estabas?

Mi explicación apenas si sirvió para evitar la humillación (papá solía pegarnos con lo que estuviera a su alcance, ya sea un zapato, o el consabido cinto que producía un chasquido aterrador cuando se lo sacaba de la cintura). Detrás de su imponente figura y sus ojos claros e inundados de ira se asomaba una diminuta mujer, mi madre, tan asustada como yo, cuestionándose quizás el haberlo incitado al abuso que parecía ya inevitable, pero que al menos ese día no sucedió. Sí, mi madre tenía su forma de influenciar a mi padre, y hasta el día de hoy no llego a entender quién tenía más poder en aquella relación.

Parte de la herencia mediterránea era su sentido del honor

y de la vergüenza, sobre todo en lo que se refería a la familia. Para alguien perteneciente a esa cultura el honor consistía en mantener una reputación de persona de palabra, trabajadora, justa, y sobre todo tener a su familia bajo control, especialmente a las mujeres. De no hacerlo, se granjearía la crítica de los demás, y eso era algo que no podía permitirse; por eso a veces se sintió obligado a tomar medidas extremas, como aquella vez cuando arrastró a mi hermana de los pelos en la vía pública porque ella le había mentido diciéndole que estaba estudiando con una amiga en la biblioteca del pueblo cuando en realidad se estaba viendo a escondidas con su novio. Cuando papá se enteró quiso castigarla como era su costumbre, con el cinto, pero esta vez ella logró huir. No obstante papá la persiguió hasta la calle y la condujo violentamente hasta la casa, mientras mi hermana gritaba a todo pulmón:—¡Mírenlo al diácono de la iglesia, miren como trata a su hija! – y los vecinos del barrio, ocultos detrás de entreabiertas celosías, contemplaban la escena tratando de entender la obvia contradicción.

Mi padre era así, una mezcla de ángel y demonio, bondadoso y vengativo a la misma vez, amable y osco, impredecible como todo ser humano. Después de criticarlo duramente por mucho tiempo y de culparlo por todo lo negativo que me legó, ahora, ya de grande, con la sabiduría y la honestidad que dan los años, he llegado a entenderlo y a perdonarlo, aunque no a justificarlo. Papá también tuvo un papá, y una mamá, una familia, y todo esto lo condicionó a ser quien fue, el niño aquel a quien sus padres mandaban a cuidar las ovejas con el almuerzo en una bolsita, que se vio forzado a abandonar la escuela muy temprano para ayudar económicamente a la familia, el joven que tuvo que compensar con su pinta de galán y su verborragia natural de líder las inseguridades propias de pertenecer a una clase de labriegos inmigrantes, el marido fiel pero estricto que mantuvo a su familia bajo un puño de hierro, el anciano que un día me confesó entre lágrimas, y por teléfono, que extrañaba mucho a mi madre, quien había muerto unos años atrás, y que se sentía muy solo. —La soledad es mala compañía, —solía decirme, y ese día me lo confirmó telefónicamente.

Sí, ese fue mi padre, con faltas y virtudes, no muy diferente a ti, lector, o lectora. Por eso si alguna vez, engañado por los años nuevos, se te da por pensarte puro y justo, recuerda que esa no es la condición humana, que nunca lo fue, y que nunca lo será. Debes aceptar quién eres, celebrando lo bueno y rechazando lo malo, tarea esta que te ocupará el resto de tu vida.

MAMÁ

"Aquí tienes a la sierva del Señor.
Que él haga conmigo como me has dicho."
Evangelio según San Lucas 1:38

Mi madre, a quien sentí por primera vez en aquel universo acuático que compartiéramos durante nueve meses, se fue un día a otro universo sin decirme adiós. Ella estaba muy lejos, y yo muy enfermo, la excusa perfecta para no ver el *rigor mortis* que se instaló en su rostro luego que su alma dejara este mundo y así no tener que aceptar su muerte. Por eso cuando pienso en ella aún la siento cerca, muy cerca, como una presencia etérea y casi angelical que pareciera no querer irse nunca de mi lado. Sus pequeños ojos hundidos, que enmarcaban una mirada lánguida y melancólica, aún se me aparecen de vez en cuando, durante el día o en mis largas noches de insomnio. Allí ella se acerca y me acaricia el pelo, como solía hacerlo, y me dice que me quiere, algo que nunca me dijo, quizás por vergüenza, o quizás porque nunca nadie le había enseñado la gramática del amor.

Mamá había nacido en una gran ciudad. Hija de una pareja de inmigrantes sicilianos llegados al país a principios del siglo veinte, era la sexta en una familia de nueve, seis hombres y tres mujeres. Su padre trabajaba en el ferrocarril, que por aquel entonces pertenecía a una empresa británica. Tenía un puesto de supervisor y por lo tanto percibía un sueldo que le permitía mantener a su familia por encima del nivel de pobreza. El pan no sobraba, pero tampoco faltaba. Según mamá, el "nono" era un hombre derecho, de palabra, trabajador y responsable, que quería mucho a su familia, especialmente a sus hijas, a quienes todos los domingos llevaba de paseo por avenidas bordeadas de árboles y atravesadas por vías de tranvías. Allí mamá disfrutaba de una de las pocas cosas que su condición de niña humilde le permitía -un helado y una caminata con sus hermanas y su padre - y se llenaba los ojos de ciudad, de gente, de movimiento, de colores, de gustos, de fragancias, cosas que un día echaría de menos.

Dos de sus hermanos habían muerto prematuramente. Yo nunca los conocí. Mamá solía contármelo con ojos tristes, con los mismos con los que un día me contó lo de mi hermano Omar, que murió cuando tenía solo 19 días, y de lo que me enteré circunstancialmente cuando encontré en el galpón de casa - una precaria construcción ubicada en el patio exterior y en donde se amontonaban cosas fuera de uso o inservibles - una placa llena de polvo con su nombre grabado en ella. —¿Quién es este Omar? —pregunté. Y ahí me relató la historia. Yo tendría por entonces ocho años y nunca había escuchado de él.

Omar había nacido "enfermito", decía ella. Desde que se lo trajeron de la sala de recién nacidos se dio cuenta que algo no estaba bien. Casi no lloraba y eso era porque no tenía hambre.

No quería vivir. Sus ojitos estaban siempre cerrados y cuando los abría era como que no había nada del otro lado. Nació para morir prematuramente. Ese fue su destino de ser humano. Lo velaron en la casa de mi abuela, quien invitó a las lloronas del barrio para acompañar a mis padres en tan difícil situación. Y en el momento de cerrar el pequeño ataúd, por encima de los Ave Marías de las penitentes, se escuchó el llanto apagado de mis padres tratando de contener la angustia y el desconsuelo de entregarle a la tierra el cuerpo inmaduro de su primer hijo varón. Los debería haber consolado el hecho de que luego vendrían cinco hijos más, cuatro varones y una mujer, pero ¿cómo saberlo entonces? (*Antifaz, vos llegaste tarde, fuiste el último, y no te esperaban, pero aún así contribuiste al orgullo de tu padre, orgullo que un día le jugaría una mala pasada con su hija primogénita, quien se ofendió mucho, y con razón, de haber sido excluida del honor familiar, ella que tanto había hecho por ayudar a tus padres hasta el punto de convertirse en una segunda mamá. Muy injusto, Antifaz. Pero así es el patriarcado. Los privilegiados son los hombres. Las mujeres no cuentan*).

Como toda mujer de ese tiempo, mamá no terminó la escuela primaria y se dedicó a ayudar a su madre a atender a las necesidades de la familia. Desde pequeña, la plancha, la escoba y la tabla de lavar fueron sus confidentes. A estos objetos inanimados mamá le contaba sus cuitas, y le revelaba sus sueños, entre ellos, la esperanza de que uno de esos días apareciera su príncipe azul y la sacara de esa vida de privación y de servicio a los varones de la familia. Y ese día llegó, y el príncipe se materializó en la persona de un pariente, un primo que vivía en otra ciudad. Recientemente he visto fotos de ese tiempo. Me parece mentira que ellos hayan sido mis padres. Tan jóvenes, radiantes, llenos de vida, con la inocencia propia del que no conoce el futuro (*como vos, Antifaz, en la foto de tus doce...*).

El noviazgo fue corto y mantenido epistolarmente. El hecho de ser primos no sorprendió a nadie en la comunidad siciliana, pero así y todo algunos dijeron que se trataba casi de una relación incestuosa. No obstante, el matrimonio se concretó. Se casaron en una de las iglesias de la ciudad de los tranvías, ciudad que de grande llegué a amar. Su boda fue maravillosa. Un carruaje con caballos blancos vino a recogerlos a la casa de los abuelos. El "nono", vestido con un elegante traje negro, sombrero y polainas, los acompañó hasta la puerta y los besó en la mejilla a la usanza siciliana. Más tarde, en la iglesia, entregaría a su hija predilecta al cuidado de su nuevo dueño, mi padre (*Así eran las cosas en esos días, Antifaz...*)

Después del casamiento se mudaron enseguida a la ciudad de papá, que por aquel entonces no era más que un pequeño pueblo de campesinos, artesanos, militares, curas y algunas personas ligadas al negocio agropecuario. El ruido de los tranvías en la calle fue reemplazado por el mugir aburrido de las vacas y el balido irritante de las ovejas, algo que deprimió a mi madre terriblemente. Pero no hubo forma de volver hacia atrás las agujas del destino. Allí mamá, cual barrilete atado a un árbol, voló bajito, se quedó el resto de su vida pegada a la familia, a sus obligaciones de esposa y de madre. De vez en cuando esbozaba una queja, que yo como niño no llegaba a entender. Decía que hubiese querido tener una vida diferente, haberse casado quizás con alguien que amara la vida ciudadana, pero ya era demasiado tarde. Estaba atrapada en una madeja de sentimientos y obligaciones, limitada por su sexo y su predicamento. Yo siempre supe que vivía en ella un canario al que nunca se le permitió cantar. Por eso mamá cantaba. Cantaba himnos y canciones populares, tarareaba melodías de Schubert -sin saberlo, por supuesto- y viejas canciones sicilianas que le enseñara su padre. De ella aprendí que la música es terapéutica, que sana, que da fuerzas para enfrentar lo que es aparentemente irremediable.

Tiempo atrás, cuando en mi sediento deambular teológico Dios dejó de ser el Padre riguroso, inflexible, y legalista que me legara la tradición, mamá ocupó su lugar. Y Dios asumió características maternales. Lo comencé a imaginar como a mamá, en la cocina, transformando lo crudo en alimento digerible, cantando, cebándome un mate. Comencé a sentir a los dos como una sola entidad que daba significado a mi vida. Y aquella pequeña siciliana de los ojos marrones y hundidos se instaló para siempre en aquel otro universo que algunos llaman cielo, en compañía de tantas otras madres que desde allí velan por sus hijos e hijas que aún continúan prisioneros de sus cuerpos planetarios. Y un día -quizás- entre nubes de algodón y alas de ángeles -quién sabe-habrá un reencuentro. Este será directo, como el primero, cuando yo fui un polizón en su trajinada placenta de madre. Y no habrá necesidad de palabras, porque, aunque parezca contradictorio, en el cielo, donde está el Verbo Divino, no se habla, solo se siente.

EL ABUELO

Vino a la Argentina solo, siguiendo su instinto de sobreviviente, y nunca miró hacia atrás. La estaba pasando mal en Sicilia. No había trabajo y se hacía difícil alimentar tres bocas, la abuela y dos hijos. Un día, luego de recibir una carta de un pariente que ya vivía en la Argentina, besó a su esposa y a sus hijos, le echó una última mirada al paisaje de su Gangi natal y se marchó para no regresar nunca más. Impresos en sus pupilas quedaron los cerros salpicados de casas de piedra, los valles poblados de ovejas y chivos, los arroyuelos apresurándose alegremente hacia el mar, las mujeres del pueblo comentando las últimas noticias, los bautismos, los casamientos, los velorios. En sus oídos quedaron también los sonidos que jamás iba a volver a escuchar, las campanas de la iglesia, donde se había casado, llamando a los fieles a la oración, el balar de las ovejas al atardecer siguiendo las direcciones precisas del pastor, el arrullo de las palomas al amanecer saludando al sol naciente, el ruido de la abuela preparando el pan en la cocina de la humilde casa. Y los aromas. ¡Cuánto extrañaría los aromas de la campiña!, el de la lluvia cayendo mansamente sobre el sediento suelo, el de los árboles de deliciosas frutas -manzanas, peras, duraznos- el de las flores silvestres -margaritas, violetas, petunias- y el de la menta, el hinojo, y los cardos, pero sobre todo el aroma de las rosas que la abuela había plantado en grandes macetas a la entrada de la casa.

Fue largo y agotador el viaje en el vapor *La Veloce*. Un mes, para ser preciso. El abuelo se pasaba los días mirando el océano, pensando en la familia que había dejado y en el reencuentro, aunque no sabía, no podía imaginar lo que le esperaba en esa tierra de extraño nombre. Un primo, que vivía allí, le había escrito contándole sobre lo que le aguardaba en este país que ya había recibido miles y miles de inmigrantes italianos como él. En ese sentido era un poco como ir a la casa de un pariente. Por lo menos eso lo tranquilizaba. Pero lo que realmente le preocupaba era el idioma. ¿Cómo me voy a comunicar si yo no sé ni una palabra en castellano? —decía. ¿Cómo me voy a hacer entender? El abuelo no sabía leer. Los libros eran tan foráneos para él como aquel transatlántico inmenso que se obstinaba a mantenerse a flote a pesar de su peso y de su tamaño.

Al llegar al puerto de Buenos Aires divisó a su primo entre la multitud que con gran algarabía le daba la bienvenida a los viajeros. Descendió del barco siguiendo el estricto orden de desembarco: primera clase, segunda y tercera. Él viajaba en tercera, y con su único equipaje, una valija de cartón duro que había comprado en la tienda del pueblo antes del viaje, y abriéndose paso entre el gentío, llegó hasta donde estaba su primo, le abrazó y le dijo con esa sonrisa de oreja a oreja que le caracterizara: *¡Agghiu* *vinutu a fare amereca!*[1]

Después de pasar por la oficina de inmigración, en donde se le asignó un número de entrada al país, y se le tomaron los datos personales, el abuelo y Matías -así se llamaba su primo- se dirigieron a la estación del ferrocarril en donde abordaron un tren que finalmente los depositó en la estación del pueblo. El viaje fue en un coche de segunda clase, pero aun así el confort era tal que el abuelo no dejaba de admirarse. *¡Chisti sunu megghiu di chiddi da Sicilia!*[2] —dijo con gran excitación. — Sí, le respondió Matías, —*A vita nuova ca fai ca vidi ca ti piaci.*[3]

Corría el año 1902. El abuelo tendría por entonces unos veinticinco años. Medía un metro setenta, nada más. Rubio, y de ojos celestes, parecía más sajón que italiano. Llevaba grabada en su cara la pluralidad de razas que se fueron aglutinando en Italia por siglos y que estallaron en cada individuo con una particularidad que resistía todo estereotipo. Había sicilianos rubios, como el abuelo, pero los había también oscuros, con rasgos moros, como mamá. Y otros parecían normandos o españoles, con tez más clara y más altos. De profesión agricultor, según lo dice el acta de casamiento expedido por la comuna de Gangi, no le fue difícil conseguir trabajo, primero como peón de campo en la estancia cuyos dueños eran británicos; después cultivando verduras que luego vendía en el mercado del pueblo. Con esto pudo comprar, al cabo de dos años, una pequeña casa en las afueras de la ciudad, en lo que se llamaba "la colonia de los italianos", y ahorrar suficiente

---

1. He venido a hacerme la América.
2. Este tren es mejor que los de Sicilia.
3. Te gustará tu nueva vida.

dinero para traer de Italia a su esposa y a sus dos hijos.

Luego de cuatro largos años, la familia volvió a reunirse; y al cabo de otro nació mi padre, el primer hijo argentino, símbolo de la nueva vida y, por ello, el preferido de mis abuelos, quienes siguieron poblando el país con su simiente. Después vinieron cinco hijos más, y todos a su vez tuvieron hijos e hijas, como bien lo atestigua la foto de los ochenta años de la abuela, en donde se la ve rodeada de una cantidad no despreciable de hijos y nietos. Por aquel entonces el abuelo ya no estaba. Había fallecido hacía más de diez años debido a una peritonitis aguda que hoy, gracias a los adelantos médicos que existen, podría haber sido evitada.

El abuelo nunca regresó a Sicilia. Nadie en su familia jamás lo hizo, ni siquiera para visitar a los parientes que habían quedado allá. Hasta que un día, muchos años después, mi hermana Juana y yo decidimos devolverle a los abuelos la familia que habían perdido y visitar ese rincón del mundo en donde se habían originado nuestros genes. Y en un frasquito con tierra del cementerio de nuestro pueblo, en donde están sus tumbas, nos llevamos simbólicamente a los abuelos. En el cementerio de Gangi, en una sección que denotaba el paso de los años, a juzgar por las tres pequeñas cruces decrépitas con nombres indescifrables y tapadas de yuyos, nos imaginamos los nombres de nuestros bisabuelos, destapamos el frasco con tierra argentina y la mezclamos con la siciliana. Mi hermana tomó la palabra y leyó algo que había escrito para la ocasión:

No puedo entender muy bien qué nos trajo hasta Gangi. No lo sé. Debe haber en nosotros una fuerza que no conocemos. Una historia sin rostros que buscamos porque nos pertenece. El amor de otras presencias que nuestra sangre no olvida. El áspero roce de manos iguales a las nuestras. En este pueblo hubo cuatro casas donde cuatro jóvenes que fueron nuestros abuelos, sembraron y esperaron las cosechas; y un día se fueron a otra tierra, tuvieron hijos y siguieron trabajando sin volver la mirada sobre el hombro. Tal vez cantaban en su idioma para no llorar. Nunca volvieron a Sicilia. Se les fueron borrando las imágenes de las familias que dejaron; sobrevivieron al olvido. Hoy traemos un puñado de la tierra donde reposan, la dejamos en este lugar junto a sus mayores. Hoy somos Giuseppe, Dominica, María Antonia, Salvatore. Y estamos de vuelta.

Una suave brisa proveniente del mar se llevó el espíritu de los abuelos y lo esparció por la mágica campiña siciliana, en donde se unió al aroma de las flores silvestres - a las margaritas, las flores de cardo, las violetas, la menta, el hinojo - y al de las rosas de la abuela. Y así, finalmente, regresaron a su hogar.

LA ABUELA

"Traigo a la memoria tu fe sincera,
la cual animó primero a tu abuela..."
2 Timoteo 1:5

Mi abuela era una siciliana delgada y espigada de profundos ojos celestes, pómulos salientes y una sonrisa pícara que
dejaba entrever alguna travesura o el preludio de un chiste. Se
llamaba Dominga y su apellido de soltera era famoso entre los
mafiosos de su ciudad natal. Había venido de Sicilia con dos hijos
en una travesía marítima de un mes en un barco de bandera fran-
cesa. Al igual que todos los inmigrantes pobres se vio obligada a
viajar en tercera clase, compartiendo una cabina con mujeres y
niños. Durante la travesía tuvo que soportar el acoso de un par de
hombres que querían aprovecharse de su condición de mujer sola
hasta que un buen día, por la mitad del viaje, la abuela los enfren-
tó y sin dar muchas explicaciones le propinó semejante bofetada a
uno de ellos que lo puso en retirada inmediata, ante las risotadas
de los allí presentes, mientras le decía: —¡Nun abbabiari ca fig-
ghia di don Sarbatori Salerno![4] A partir de ahí se ganó el respeto
de todos los pasajeros, excepto los de primera y segunda clase,

---
4. No te metas con la hija de don Salvador Salerno.

que continuaron mirándola con desprecio, a lo que la abuela hacía caso omiso.

Católica ferviente, devota de la Virgen del Carmen, pasaba los días rezando el rosario y yendo a misa. Su predilecta era la misa de once, porque allí podía ver a sus comadres y enterarse de lo que ocurría en Sicilia, en donde todavía tenía una hermana, Ana, a quien, al igual que a sus padres, nunca volvió a ver. A veces se sentaba en el patio de la casa con la mirada ausente. — En qué piensa, abuela, — le decía. Y ella me respondía: —*Pensu a mo suoru..sugnu accussi luntanu...*[5] La abuela, a pesar de la gran familia que había formado en la Argentina, todavía añoraba a la que había dejado en Italia, pero de a poco se fue acostumbrando a su nueva realidad y fue feliz, muy feliz, a juzgar por su constante sonrisa y su buen sentido del humor.

Un atardecer, cuando fuimos a visitarla con mi madre, nos salió al encuentro disfrazada de hombre. *(Oh, ahora entiendo de donde viene esa idea tuya de vestirte como Antifaz Negro...).* — Cuidado con ese tipo, —me dijo mamá. Y cuando el "tipo" estuvo a punto de cruzarnos en la angosta vereda bordeada de ligustrinas, una sonrisa incipiente a duras penas contenida se convirtió en carcajada estrepitosa que, desparramándose cual manojo de perlas en el tibio aire del atardecer, la delató. —Abuela, ¿qué hacés vestida de hombre? — le dije- a lo que ella replicó en su mezcla de castellano y dialecto siciliano: —*Non lo so...era per jodere...* [6]

Las mujeres de la vecindad, todas ellas sicilianas, la llamaban *Domenica Amamana*, o algo así, un nombre que identificaba

---

5. Pienso en mi hermana. Estamos tan lejos...
6. No lo sé...era por joder.

a las comadronas, parteras sin título que colaboraban en los partos haciendo de ellos un evento casero, íntimo y cálido. La abuela sabía lo que era traer una nueva vida al mundo, no solo como madre, sino también como partera de barrio. Y además sabía cómo curar el empacho. Utilizaba un tratamiento milenario que dominaba a la perfección. Medía al enfermo con hilos de diferente longitud, pronunciaba en su dialecto unas palabras incomprensibles y luego le colocaba sobre el vientre hojas de repollo que si no lo curaban lo mataban con el olor.

Nos dejó vivir en su casa porque mi padre no tenía un trabajo fijo, el dinero escaseaba y nosotros éramos muchos, seis en total. O tal vez fue para que alguien la cuidara, pues por entonces tenía cerca de ochenta años y el cáncer, que se escondía amenazante en su estómago, ya comenzaba a reflejarse en su cara enjuta. Beatriz, mi hermana mayor, dormía con ella y yo con Juana, mi otra hermana, porque la abuela les había cedido su habitación a mis padres. Mis otros tres hermanos se alojaban en la única que quedaba. Estábamos todos amontonados, pero éramos felices.

Papá salía a trabajar bien temprano y volvía tarde, justo para la cena, que compartíamos en la cálida mesa de la cocina. A menudo la abuela hacía una sopa de hinojos, a los que llamaba *fimminedda*, y que crecían en forma espontánea en las veredas del barrio. Entonces, la casa olía a hinojos, y al carbón del brasero, que encendía para contrarrestar el viento helado que se colaba por las rendijas de las puertas y ventanas. Luego de la cena sacaba las barajas españolas y jugábamos a la *escoba*, a la *conga* o al *culo sucio*, que consistía en ver quien era el que sacaba el as de oro primero. Frecuentemente ese era yo, y entonces se reía a carcajadas mientras me decía —*Nane' va llaviti...*[7]

Al cabo de tantos años todavía recuerdo su risa y de vez en cuando la reconozco en mí, o en el rostro de mis hijos. La veo en su casa de la calle Salta calentándose en el brasero, o lavándose el pelo, que le llegaba hasta la mitad de la espalda y que llevaba recogido en un rodete. Cuando se lo peinaba, inclinada hacia adelante cual ágil bailarina, era como una cascada de luz que descendía desde su cabeza áurea. No recuerdo haber visto un baño dentro de la casa, solo uno muy precario afuera, pero la abuela olía siempre a perfume y era muy prolija en su forma de vestir: pollera hasta el piso (nunca supe que zapatos usaba), delantal y en los hombros un chal de lana que ella misma había tejido.

La abuela cantaba. Me acuerdo de una de las canciones que decía: —*Mamma, passa i soldati e passa la fanfara...*[8]— y luego algo así como: —*soreto amendolara non posso piu vedere*, que nunca llegué a entender. ¡Quién sabe qué quería decir eso en su lengua materna! Enviudó nueve años antes de que yo naciera, cuando el abuelo Giuseppe, un labriego callado y bonachón, que había venido al país en busca de trabajo, falleciera de una peritonitis fulminante. Dos duros años le había tardado reunir el dinero suficiente para traer a la abuela y a sus dos hijos desde Sicilia. Pero lo consiguió, y la forzada separación matrimonial dio frutos inmediatos cuando nació mi padre. Éste se constituyó en el símbolo de una nueva realidad en donde se juntaban el amor, la espera, y la distancia con tantas otras emociones del pasado. Por eso no es

---

7. Nene, andá a lavarte.
8. Mamá, pasan los soldados y pasa la fanfarria.

de extrañar que sobre él se volcaran los mimos de la abuela, para el disgusto de sus hermanos y hermanas.

Casi le dio un ataque cuando se enteró de que mi padre se había convertido al protestantismo, o como decía ella, se había hecho *evangelista* (realmente lo que quería decir era *evangélico*). Se imaginó a su hijo predilecto ardiendo en las llamas del infierno, como todos esos otros herejes que se habían atrevido a desafiar a la Madre Iglesia, y se quiso morir: —*E picchi, Sarbatore, picchi, ahhh? Nun eriti cuntentu na chiesa to?*[9] Fue difícil para mi padre rechazar a una madre y amar a la otra, ya que en su mente las dos a veces se confundían: la abuela era la iglesia y la iglesia era la abuela.

Antes de morir la abuela le dijo a mi madre que quería ser enterrada con el vestido negro que el abuelo le había traído de Sicilia. Estaba tan delgada que no fue difícil ponérselo. En el ataúd de madera de pino, el único que la familia pudo comprar, poco quedaba de aquella mujer que solía sonreír como una niña. Sus huesudas manos, entrelazadas sobre el pecho, parecían dos palomas que no volverían a volar nunca más, atrapadas para siempre en la rígida jaula de la muerte. Lloré mucho al verla allí, y quedamente, como para que nadie nos oyera, le susurré al oído: —Abuela, ¿por qué no te reís más?

Cuando su pícara sonrisa y sus ojos de águila abandonaron la casa para siempre, un gran vacío se abatió sobre la misma. Con ella se fueron también los sonidos de la vieja radio, en la que la abuela escuchaba todos los días el radioteatro de las tres de la

---

9. ¿Y por qué, Salvador?, ¿por qué? ¿No estabas contento en tu iglesia?

tarde, y de los tangos, que había llegado a amar, y del crepitar de los leños en el brasero, y los olores del hinojo, del carbón, y el aroma a abuela... Papá se vistió de luto como era la costumbre de ese tiempo: un brazalete negro atado al brazo izquierdo, el del corazón. Y faltaron ese año los ruidosos festejos, las tradicionales batidas de ollas a la medianoche del treinta y uno de enero, porque la abuela murió precisamente ese día. No quiso esperar el año nuevo en la tierra y se fue a celebrarlo al cielo, para hacerle bromas al gruñón de San Pedro y contribuir al incienso y la algarabía celestial con sus carcajadas y ocurrencias.

EL ALTILLO

"Este es mi Hijo amado. ¡Escúchenlo!"
Evangelio según San Marcos 9:7

Subiendo por las viejas escaleras de madera que crujían con cada paso se llegaba al altillo, una habitación edificada sobre el garaje de la casa, y que tenía una especie de patio exterior en donde el inquilino de turno preparaba su comida sobre una modesta cocina a gas envasado. Un par de sillas y una pequeña mesa con un botellón decorativo que mi madre, siempre atenta al detalle, había colocado allí, servían de comedor. Desde ese patio cerrado con madera, que mi padre había construido -como solía decir- "de manera provisoria para siempre", se pasaba al único ambiente del altillo, un cuarto oscuro y lúgubre con un pequeño balcón que daba a la calle. De un lado del mismo había una cama y del otro un placard, incrustado en la pared, al que para poder alcanzarlo había que subirse a una silla. Dentro de él, revistas y diarios viejos cubiertos de polvo olían a humedad. El piso, de madera vieja y desvencijada, tenía varios agujeros por los que se colaba la luz del cuarto inferior.

Debajo del altillo, en el garaje que nunca se utilizó como

tal, mi padre había instalado su taller de zapatería en el que todos los días, desde las seis de la mañana hasta las ocho de la noche, martillaba golpe a golpe el sustento de una familia demasiada numerosa para las magras ganancias de la profesión. Por eso tenía que subalquilar el altillo, algo que era considerado ilegal, y que lo puso en conflicto con el dueño de la casa, el señor Espinela, un italiano rubio y gordito con cara de actor de cine, que venía a menudo a recoger el dinero del alquiler. Recuerdo que una vez, al enterarse que papá estaba sub-alquilando la residencia, discutieron acaloradamente y Espinela tuvo que salir a las apuradas perseguido por mi padre quien, blandiendo un cuchillo de zapatero, le hacía señas amenazadoras. Fue esa una de las únicas veces que vi a mi padre confrontar agresivamente a otra persona. Por lo general se comportaba civilizadamente, pero uno debía de saber cuándo era recomendable no disentir con él. Espinela no lo supo y tuvo que compensar su ignorancia batiéndose en una retirada deshonrosa y apresurada.

Por ese altillo pasaron muchas personas. Una de ellas fue don Ortega, un viudo que tenia un hijo que supo vivir con él por un tiempo. Ortega era una persona amable que hablaba suavemente, con una sonrisa tímida a flor de piel. Recuerdo subir al altillo y encontrarlo disfrutando de su comida humilde en la mesa frágil e invitándome a compartirla: —¿Querés un pedazo de carne, Antifaz? — me decía, pero yo siempre rechazaba la oferta pues mi madre me había prohibido terminantemente molestar a los inquilinos y sobre todo compartir su comida. No por despreciar la frugalidad de quien no tiene recursos sino porque no quería causarles un perjuicio económico. Mi madre siempre pensaba en los demás, en no molestar, en no interferir. Nunca sabría ella cuánto me marcó eso para el resto de mi vida.

Lo cierto es que todavía me acuerdo de él. Su viudez lo había transformado en un personaje enigmático, pues en mi pueblo eran las mujeres las que por lo general enviudaban antes que los hombres, de manera que un viudo levantaba todo tipo de sospechas: ¿Cómo murió su mujer? ¿Estuvo enferma? ¿O fue un accidente? Quizás la mató y ahora lo oculta detrás de esa sonrisa de hombre bonachón. ¿Quién es el señor Ortega realmente? ¿Qué se oculta detrás de esa apariencia de total mansedumbre?

Una noche lo vi salir con un paraguas debajo del brazo, pero como no estaba pronosticada lluvia ese día lo seguí sin que se diera cuenta. ¿A dónde ira? —pensé, —¿Y realmente es un paraguas, o es otra cosa? Por ahí tiene un estilete escondido, como en las películas de James Bond. (*Cortála Antifaz, que acá el único que tiene una personalidad secreta sos vos...*). Bueno, como decía, lo fui siguiendo a la distancia hasta que entró en una casa. –Ahí está su próxima víctima—pensé. Me oculté sigilosamente detrás de un árbol y al rato nomás volvió a salir.—Debe de haber consumado el crimen—dije para adentro. Lo vi pasar con cara de satisfacción y yo me oculté aún más. Cuando estaba ya por la esquina salí de mi escondite y caminé hacia la casa. Allí, colgado de la ventana, se veía un cartel que decía: "Se arreglan paraguas." Regresé a mi casa avergonzado y nunca más volví a dudar de Ortega.

Al poco tiempo Ortega se mudó y el altillo quedó vacío otra vez, a la espera del próximo inquilino. Y este no se hizo esperar. Le decíamos Rosito, pero nunca sabré si ese era su nombre o su apellido. Rosito era un alcohólico inofensivo que pasaba sus borracheras entre las cuatro paredes del quieto y húmedo altillo. Cuando lo veía subir con dificultad por la desvencijada escalera pensaba que en cualquier momento tendríamos un cadáver yaciendo al pie de la misma. Pero esto nunca sucedió porque él siempre llegaba victorioso a la cima. Allí se daba vuelta y con un gesto triunfal, como si acabara de vencer al enemigo más poderoso, se perdía en la oscuridad del altillo hasta la próxima botella de vino barato.

Al igual que Ortega, Rosito era un hombre de pocas palabras. Sonreía quedamente y murmuraba por lo bajo palabras que yo nunca llegué a entender, en parte porque siempre llevaba en la boca un escarbadientes que le dificultaba la dicción. Tendría por entonces cincuenta años, pero para mí ya era un viejo. Caminaba pausadamente, arrastrando sus hinchados pies enfundados en unas chinelas a cuadros, como quien lleva detrás toda una vida de frustraciones y desengaños. ¡¿Quién sabe qué historias atrasaban su andar, qué dolores quebraban sus pasos y sus palabras?! Pero hay dos incidentes que me han quedado grabados y que lo describen muy bien.

Recuerdo que mi padre tenía una pajarera con aves de diversos colores, jilgueros, cotorritas, canarios, algo que era costumbre en esos días. Pero además tenía loros en jaulas individuales a los que esperaba enseñarles a hablar. Cuando Rosito vivía en el altillo había un loro cuya jaula estaba colgada al pie de la escalera. Un día lo vi dándole de comer. Me acerqué para ver lo que era y descubrí que era pan. Nada nuevo, pensé. También nosotros le damos pan. Pero luego percibí una sonrisa pícara en la cara de Rosito. El pan estaba mojado y tenía una coloración rosada. —¿Qué le está dando al loro Rosito? —, pregunté. —Pan con vino, —respondió, y su carcajada resonó en el ámbito del patio. Y como respondiendo se escuchó al loro decir: —La papa para Pedrito.

Otro día se nos apareció con una Biblia, la cual depositó con sumo respeto en las manos de mi padre. Nos dijo que había pertenecido a su familia pero que como nadie la leía, y él sabía que nosotros éramos muy religiosos, nos la regalaba. Nunca supe si esto se debió a un alquiler impago o a un arranque de generosidad. Lo cierto es que esa Biblia, impresa en el año 1888, vive aun en mi biblioteca. Cuando mi padre la recibió nunca se imaginó que su muerte iba a estar inscripta en el registro familiar de aquella Biblia. Ni la de mi madre. Ni el nacimiento de mis hijos. Con aquel regalo, Rosito, sin saberlo, unió el destino de nuestra familia al del libro sagrado pues un día alguien la abrirá y con ojos llenos de tristeza, o de curiosidad, leerá los nombres escritos allí.

Rosito era soltero, no viudo. Jamás pensé que llegaría a casarse pues su apariencia era ya la de un hombre viejo y vencido. Pero al fin se casó. Cuando nos enteramos de quien era su novia, ahora esposa, casi nos desmayamos: era una ex-monja, Sor Angelina, italiana, que supo ser jefa de enfermeras del hospital local, mujer con fama de ser dominadora y autoritaria. Más de una vez me lo imaginé al pobre Rosito sucumbiendo dócilmente entre los brazos de esa mujer, producto de la iglesia y del fascismo, con un bagaje cultural y religioso que la calificaban para ser una verdadera pesadilla en la cama. Sin embargo, el matrimonio duró muchos años, hasta la muerte de Angelina, que de ángel realmente no tenía nada. Cuando ella se fue a sargentear el hospital celestial, Rosito quedó destrozado y poco a poco se fue sumiendo otra vez en el alcoholismo del principio, del cual Angelina lo había rescatado con mano fuerte, como no podía ser de otra manera. Lo último que recuerdo de él es verlo sentado en una silla en la vereda, en el frente de su casa, mirando pasar a la gente con aburrimiento mientras el escarbadientes bailaba en su boca un agónico vals.

Al poco tiempo de quedarse vacío por la ausencia de Rosito el altillo volvió a ser habitado, esta vez por el "negro" Sosa. Así lo llamaban. Sosa, cuyo nombre no recuerdo, recibía visitantes nocturnos que subían furtivamente por las escaleras para no despertar a los dueños de casa, sobre todo a mi padre quien, de haber sabido sus preferencias sexuales, jamás le hubiera alquilado el altillo. Por ese tiempo yo pensaba que la homosexualidad era la peor condición del ser humano. Así me lo habían enseñado en la iglesia y yo, que leía la Biblia todos los días, lo aceptaba sin ninguna duda. —Nadie nace homosexual —me habían dicho —uno *se hace* homosexual y esto va en contra del propósito divino que, como todos saben, es la heterosexualidad. Desviarse de este camino es pecado, y sabemos dónde terminan los pecadores.—Pero Sosa no se me antojaba como tal. Es más, el tipo era amable, sencillo, bondadoso, buena gente como se dice, y llegue a apreciarlo. Me acuerdo que tenía la cara llena de granos, brillosos y con pus, y unos ojos que parecían pedir disculpas por su apariencia y porque el altillo olía a perfume barato. A veces subía hasta allá y lo veía comer su frugal almuerzo en la escuálida mesa. Siempre me invitaba y yo, de acuerdo a las expectativas de mi madre, siempre decía que no. Quizás él pensaba que yo no quería comer la comida preparada por un homosexual, como si todo lo que tocara se fuera a contaminar, porque había gente que los trataba como enfermos y evitaban inclusive hablar con ellos. Pero no mis hermanos, lo cual me sorprendió bastante. Sosa era compañero de trabajo de uno de ellos y fue éste el que se lo había recomendado a mi padre. A veces venia a visitarlo y yo los escuchaba reírse. Obviamente eran amigos. O por lo menos así parecía.

Ya de grande pude entender el increíble sufrimiento de los homosexuales al tener que negar su verdadera identidad, y ocultar sus sentimientos, para no despertar las sospechas y la agresión de una sociedad machista y cruel, condenados a buscar el amor y el cariño a escondidas, como ocultando a un hijo que ha nacido con el síndrome de Down.

De manera que en aquel altillo vivieron un viudo triste, un borracho inofensivo y un homosexual bondadoso, todos ellos personajes marginales: Ortega, porque era viudo; Rosito, porque era un borracho tranquilo que dormía la mona en la oscuridad del altillo, abrazando entre sus manos una botella de vino ; y el "negro" Sosa porque era gay, y debía ocultarlo y vivir bajo la mirada acusadora de una sociedad devota de un dios homofóbico. Aquel altillo fue refugio de solitarios, amparo de almas dolidas y desesperanzadas y fue mi monte de la transfiguración. Allí ellos resplandecieron con luz divina y por eso sus vidas, terrenales y comunes, se revistieron de eternidad pues en mis conversaciones con ellos descubrí la voz del verdadero Dios, que los distinguía como hijos bien amados.

LA PIEZA DEL FRENTE

La casa en la que me crie tenía cuatro habitaciones, cada una de las cuales daba a un patio interior cubierto. Una de ellas daba a la calle. Le decíamos *la pieza del frente*. Papá la sub-alquilaba, al igual que el altillo, para poder mantener una familia de cuatro varones y dos mujeres. Por esa pieza pasaron, al igual que por el *altillo*, personajes inolvidables: Raúl, el boxeador que nunca ganó una pelea, Clarita, la solterona que vivía con su perro Bocha, un horrible can con olor a chiquero, y Humberto, el muchacho aquel que se casó con una mujer de "mala fama" a pesar de que todos le advirtieron que no lo hiciera.

Raúl era un muchacho tímido y cortés. Tenía unos ojos achinados que lo hacían parecer asiático. Trabajaba en una herrería, un lugar con olor a infierno, donde el calor de la fragua, y unos mates bien cebados, invitaban a la confidencia. Verlo moverse entre los fierros rígidos, elegir uno y llevarlo a la forja para prepararlo para su uso cotidiano, era un placer. ¡Con qué habilidad Raúl guiaba el proceso de crear un instrumento útil de algo estático como lo era un pedazo de hierro! Era una acción casi divina, creando vida de la materia inerte.

Por las noches concurría a un gimnasio en donde, a escondidas, se entrenaba como boxeador. Yo nunca lo supe hasta que un día lo vi allí, con su cuerpo pequeño pero musculoso, haciendo las consabidas fintas propias de los púgiles. Me encantaba verlo moverse con una agilidad desconocida y una agresividad que no demostraba en su vida diaria. Peleando era diferente. Se transformaba en otra persona y a mí me costaba creer que ese era el Raúl que vivía en mi casa. Claro, esta admiración fue temporaria, porque cuando le llegó el turno del combate, la pelea duró solo un round. Con el primer golpe que le propinó su oponente, se desplomó sobre la lona cual pajarito herido y allí quedó hasta que el entrenador fue a consolarlo y lo ayudó a levantarse. Yo me había escondido entre la concurrencia, de manera que nunca supo que quien él consideraba como un hermano menor lo había visto en su momento de mayor humillación, porque no solo había ocultado su amor por el boxeo, sino que también había fracasado como boxeador. Raúl nunca ganó una pelea, pero siguió entrenándose hasta que conoció a Blanche, la hija de un pastor protestante inglés con la que se casó al poco tiempo. Con ella llegó la normalidad a su vida y se le acabaron los sueños de boxeador. Continuó trabajando en la herrería, forjando vida de duros y fríos metales, pero nunca más su alma de pájaro se elevó hacia los cielos de aquella pasión que nunca llegó a realizar.

Clarita llegó un día a mi casa averiguando sobre el alquiler de la pieza que había quedado vacante luego del casamiento de Raúl. Vino con *Bocha*, un perro gordo y sucio, que cuando gruñía dejaba entrever unos dientes amarillos y desparejos. Aquel animal era desagradable; sin embargo, Clarita lo mimaba como si fuera un hijo. De hecho, lo era, pues nunca tuvo hijos. Solterona entrada en años, no se había casado. Compensó su falta de familia con mascotas, gatos y perros. *Bocha* era uno más en una larga lista que comenzó cuando Clarita tenía treinta años y su novio la abandonó una semana antes del casamiento. La dejó plantada con su vestido blanco que nunca llegó a lucir, y se fue con otra mujer. Con su vocación de esposa y madre sin concretarse, Clarita se dedicó a sus mascotas, y a darle alojamiento a estudiantes que venían de las localidades vecinas. Cuando llegó a nuestra casa fue porque estaba esperando alquilar una casa para tal propósito, lo cual sucedió al cabo de un año, tiempo durante el cual tuve la oportunidad de conocerla.

Los inquilinos de la pieza del frente no tenían baño privado, solo un baño exterior, oloriento y sucio, al que llamábamos *escusado*. No tenía inodoro, solo un agujero en el piso. En lugar de papel higiénico mi padre ponía hojas de periódico, de manera que a menudo se la veía pasar a Clarita, munida de un rollo de *Higienol*, enfilando hacia ese lugar de tormento, porque había que aguantarse el olor a orín y eses que venían de aquel agujero dantesco. Como tampoco tenían cocina, los inquilinos preparaban sus alimentos en la pieza, sobre pequeños calentadores a gas de garrafa, o se hacían traer la comida de uno de los hoteles de la ciudad. Para higienizarse recogían el agua en palanganas de una canilla que estaba en el patio y luego, en el cuarto, ocultos de la vista de los demás, lavaban sus cuerpos sudorosos, deseando la ducha a la que habían renunciado por un alquiler barato.

Nunca pensé qué difícil habrá sido para una mujer vivir en tales condiciones, especialmente cuando llegaba su periodo menstrual. Esas cosas no pasaban por mi mente de niño. Yo solo veía lo exterior; veía a Clarita jugar con *Bocha*, sonriendo y diciéndole cosas que yo no llegaba a entender, llevando agua hacia la pieza y después de un rato reaparecer peinada y perfumada. Pero nunca vi su sufrimiento, sus truncados sueños, su frustración, en esos años cuando el matrimonio y la maternidad eran lo que la sociedad esperaba, y requería.

Después de unos años la volví a ver. Estaba feliz. Había alquilado una casa grande donde recibía a sus tradicionales estudiantes. *Bocha* ya no perfumaba el aire con su olor de perro viejo. Se había ido al cielo de los canes, donde antes de entrar le dieron un baño de bienvenida y le cepillaron los dientes con dentífrico hecho con pedacitos de nube. El gato, no me acuerdo su nombre, todavía se aferraba a sus siete vidas, y el futuro se mostraba promisorio para Clarita. Ahora tenía un baño en donde podía disfrutar a diario del ritual de la higiene. Hablamos brevemente y nos despedimos con un beso. Nunca más la volví a ver.

Humberto era un muchacho callado. Criado en el campo, la ciudad le quedaba grande. No salía mucho. Se quedaba en la pieza leyendo y tomando mate. No tenía muchos amigos. Nunca le conocí uno. De vez en cuando venían sus padres a visitarlo y pasaban el dia en la pieza comiendo y charlando. Por ese entonces Humberto asistía al Colegio Industrial de la ciudad. Recuerdo verlo inclinado sobre el tablero de trabajo dibujando planos de piezas mecánicas que luego construiría en el torno de la escuela. Utilizaba unas lapiceras que yo nunca había visto antes, de marca alemana, especiales para ese tipo de dibujos. Me fascinaba verlo dibujar con el esmero de un Miguel Ángel, explicándome cada detalle con un movimiento sutil de su mano emplumada. Me quedaba horas viéndolo trabajar y tomar mate con bizcochitos de grasa, de los cuales yo participaba ávidamente.

Humberto era un aficionado del tiro al blanco y de la aviación. Fue él el que me llevó a mis primeras prácticas en el Tiro Federal Argentino. Disparábamos con unos *máusers,* pesados fusiles de la primera guerra mundial de fabricación belga que cargaban una sola bala y reculaban con tanta fuerza que podían llegar a fracturarte la clavícula. Íbamos los sábados y nos pasábamos la tarde respirando el olor de la pólvora y viendo las banderitas argentinas agitarse desde el distante blanco cuando hacíamos un centro. De ahí muchas veces nos corríamos hasta el aeródromo local donde Humberto estaba aprendiendo a volar en planeador. Lo veía partir raudamente con su instructor y perderse entre las nubes blancas y acolchonadas del verano y por unos instantes temía no volver a verlo. Pero, como me decía él, los planeadores son seguros, muy difícilmente se caen pues pueden planear como halcones hasta tocar tierra. De él aprendí el concepto de "térmicas," porciones de aire caliente que hacen que el planeador se eleve.— Tenés que buscar siempre la térmica, Antifaz — solía decirme, y con un movimiento de su brazo imitaba la acción de mover la palanca del planeador hacia arriba mientras sus ojos apuntaban hacia el cielo. Me prometió que cuando sacara la licencia de piloto iba a llevarme a dar una vuelta, pero mi madre nunca lo permitió. Hoy, ya grande, me ha quedado ese deseo de cruzar el cielo cual halcón en uno de esos pequeños y prodigiosos aparatos.

Humberto vivió en casa hasta que se casó, al igual que Raúl. Nuestra familia había substituido a la suya y, siguiendo con la tradición argentina, no dejaron la casa paterna adoptada hasta que ellos mismos no estuvieron listos para constituir la suya propia, costumbre esta de las culturas mediterráneas patriarcales que se remonta a los tiempos bíblicos. Conoció a una muchacha mayor, con mucha más experiencia en las cosas del amor. Indagando por ahí descubrimos que no tenía un pasado muy bueno, lo cual en la cultura machista de mi país significaba que había tenido unos cuantos novios. Esto la calificaba inmediatamente como "puta", palabra que usábamos a diario sin detenernos a ponderar su profunda raíz misógina ni su dicotomía moral, porque el hombre podía tener todos los encuentros sexuales que quisiera sin que esto dañara su reputación, sino que por el contrario, la elevaba. Pero una mujer con "experiencia" se hacía de una fama denigrante e injusta y la novia de Humberto era una de esas personas. Sin embargo, desoyendo los consejos de sus amigos, se casó, pero el matrimonio duró poco tiempo. Nunca supe si fue porque le abrumaron los comentarios negativos o si hubo un incidente de infidelidad que confirmara los rumores. De cualquier manera, la próxima vez que lo vi ya se había divorciado. Me enteré años después que se había vuelto a casar y que ahora sí era feliz, trabajando en una firma industrial textil. Puso los pies en la tierra y dejó de volar en planeador.

Por la *pieza del frente*, al igual que por el *altillo*, desfila-ron personajes en transición. Fue un espacio liminal en donde se practicaba el sacramento de la vida. En las actividades simples de cada día, el mate, que lo mantenía despierto a Humberto para terminar su dibujos técnicos a altas horas de la noche, las viandas, traídas del Hotel Argentino, que le daban a Raúl la fuerza para seguir boxeando a pesar de que nunca ganó ni una sola pelea, y la torta de naranja, que Clarita cocinaba en su pequeño horno a gas de garrafa, a través de todas estas cosas que compartían conmigo, ellos me enseñaron el arte de la amistad y la comunicación huma-na. Hoy soy una mejor persona por haberlos conocido.

EL TÍO GAETANO

"...había allí un hombre que
tenía seca una mano."
Evangelio según San Marcos 3:1

El tío Gaetano se sentaba en su silla de paja y con un brazo extendido y enjuto construía adornos de plástico que luego vendía a amigos y familiares para ayudarse con su magra pensión de empleado del ferrocarril. Cuando era joven se había caído de un caballo y se había quebrado el brazo izquierdo a la altura del codo. Algo sucedió en el proceso de curación y nunca pudo volver a doblarlo. Le quedó extendido por el resto de su vida como asta de bandera. Daba pena verlo luchar con su discapacidad, especialmente a la hora de comer, cuando tenía que hacer malabarismos para cortar la carne, pero de a poco uno se acostumbraba y ya no le hacía caso. Más penoso era verlo vivir. Se había hecho construir, en la casa paterna, una pequeña pieza que olía a naftalina y a soledad. Nunca se casó.

El tío era sumamente pulcro; no tenía mucha ropa, pero la mantenía en óptimas condiciones, como guardándolas para el día de su funeral. Me acuerdo de entrar en su cuarto y sentir la sensación de que estaba en un recinto sagrado, casi mágico. Había allí un placard sin puertas en donde guardaba las revistas de historietas y de deportes que le hacían compañía durante las largas noches de invierno y los interminables y calurosos días del verano. Todo estaba en su lugar. La pequeña cama, hacia un costado de la pieza, siempre tendida con una frazada de color marrón con guardas más oscuras como las que se usaban en el ejército. La frazada no colgaba de los bordes de la cama, sino que se ajustaba debajo del colchón dejando así ver el elástico de alambres y la estructura de hierro forjado. El piso, de mosaico oscuro, le daba al cuarto una frescura singular, especialmente a la hora de la siesta. Desde uno de los estantes del placard un ventilador de tres aspas se asomaba curioso disfrutando de su inactividad. Pronto llegaría el tío y comenzaría entonces a girar sin descanso hasta las primeras horas de la madrugada, soplando el anhelado frescor en su cara transpirada.

El tío Gaetano no tenía muchos amigos, al menos nunca vi ninguno visitándole, pero todas las tardes, a eso de las siete, se iba para el club a jugar a las barajas y a tomarse un vermut. Salía de la casa con su saco negro y sus pantalones grises, apurando el paso sobre el patio de baldosas decoradas lleno de macetas con plantas que la abuela cultivaba con sumo primor. Era elegante y su brazo tieso le daba la apariencia de un soldadito de plomo. Yo lo veía cruzar la puerta de calle y enfilar hacia el boulevard por donde pasaba el tranvía y a veces lo seguía con la mirada hasta que su silueta se perdía entre los demás transeúntes. Allá va el tío, pensaba, a encontrarse con su amante, a quien yo imaginaba una mujer tan desahuciada como él, quizás una prostituta vieja y cansada, a quien no le importaba su condición de lisiado y en cuyos brazos hallaba el reconocimiento que la familia no sabía darle.

Casi todos los años, en el verano, yo iba a visitarlo. Me pasaba casi un mes liberado de la mirada acusadora y de las demandas de mi padre, disfrutando de esa efímera libertad como canario que se escapa de su jaula pero que sabe que nunca podrá huir de ella y que, indefectiblemente, la mano del amo lo devolverá a su prisión. Pero por un mes al menos yo era libre para explorar la ciudad con mis dos primos, Salvador y Juan Carlos, visitar el aeródromo local y sacarnos fotos en frente de las avionetas que un día pensábamos volar, tirar rompe portones contra las tapias del barrio y despertar a los perros de sus siestas interminables, subirme al colectivo número 23 y visitar a Silvia, la gordita aquella que me robara el corazón durante un campamento de jóvenes cristianos y a quien besara apasionadamente bajo la sombra de los perales del lugar. Era un mes de ensueño, casi de leyenda. Me sentía otro, pero en realidad era yo, el verdadero yo. El otro, el que me acompañaba el resto del año, era la opaca imagen de mí mismo reflejada en el espejo de las expectativas de los demás. Por eso necesitaba el antifaz. Pero en la ciudad del norte, en compañía de mis primos y primas, el antifaz no me hacía falta.

Los domingos por la tarde el tío escuchaba los partidos de fútbol por la radio y registraba los resultados en un cuaderno en el que previamente había anotado prolijamente los integrantes de cada equipo. Era un gusto verlo escribir; con rasgos lentos y alargados las letras daban lugar a las palabras y las palabras a las oraciones. El cuaderno se iba llenando poco a poco de estadísticas futboleras mientras el brazo izquierdo descansaba inerte sobre la pierna del mismo lado y la pierna derecha se movía incesantemente al ritmo de una ansiedad vascular que de grande yo también heredaría. Y al anochecer, el ritual dominguero concluía con el acostumbrado churrasco hecho al carbón sobre la parrilla. Recuerdo vívidamente el aroma de la carne recién cocida inundando la casa, pasando por el patio y metiéndose en la cocina y en los cuartos, para luego escapar hacia el barrio hasta encontrar la nariz de algún vecino envidioso. Porque no importa cuán acostumbrado uno esté al sabor de la carne asada, ni cuán frecuente sea su ingestión, lo cierto es que cada vez que se siente su aroma nos viene el deseo irresistible de llenarnos la boca de ese manjar tradicional.

Me encantaba verlo comer. Lo hacía despacio, disfrutando de cada bocado como si fuera el último. Acompañaba la carne con un tomate partido por la mitad sobre el que vertía una generosa porción de aceite de oliva que se desparramaba cual ungimiento eclesial sobre el plato blanco y machucado de tanto uso. Y también estaba el vino, con soda del sifón, que bebía a sorbos lentos y profundos. Era como presenciar un acto litúrgico. Entre mordisco y mordisco el tío miraba a los comensales como esperando un gesto de aprobación. —La carne está buenísima, tío, —le decíamos, y él se sonreía tímidamente aceptando el elogio. La abuela lo miraba con dulzura y nos decía cómo Gaetano siempre le había preparado el churrasco así desde que tenía treinta años, cuando se mudó a vivir con ella, luego de la prematura muerte del abuelo. El tío nunca la abandonó; siempre vivió allí, en su cuarto de soltero con olor a naftalina, con sus revistas y el incansable ventilador de tres aspas, hasta que la Nona ya no estuvo más.

Y un día el tío tampoco estuvo más. Cuando la familia edificó un moderno edificio de tres pisos sobre una de las avenidas principales de la ciudad, sus hermanos le construyeron un pequeño cuarto. Y cuando se enfermó, y nadie tenía tiempo para cuidarlo, lo pusieron en un geriátrico a donde entró caminando y salió en camilla, mirando al cielo sin verlo. La última vez que lo vi fue en el edificio de la calle Mendoza. Me lo crucé en la escalera. Me reconoció inmediatamente y su cara se iluminó. Estaba más senil pero todavía se movía con el mismo orgullo de siempre. —Hola *Antifaz*, —me dijo— ¿cómo estás? —Intercambiamos unas pocas palabras. Yo estaba apurado. Iba a comer a la casa de mi primo. No había tiempo para él. Nunca hubo mucho tiempo para el tío. Fue siempre un personaje pintoresco, marginal, que nunca supo ser anfitrión, siempre agregado, quizás el que cocinaba, o el que compraba el helado para el postre, pero nunca el dueño de casa porque nunca la tuvo. Siempre suplente, nunca titular.

Quisiera pensar que cuando el tío Gaetano, que nunca creyó en Dios, llegó al cielo (porque el cielo es también para los que no creen, porque es fácil y predecible ganárselo cuando se espera la recompensa divina pero muy gratificante cuando no), salió a recibirlo una multitud de lisiados, discapacitados y paralíticos, ahora con cuerpos perfectos y áureos, entre ellos Cervantes, el manco de Lepanto y Mario González, aquel amigo de mi familia que había nacido con un brazo enjuto y que caminaba arrastrando su pierna derecha. El tío se encontró de pronto siendo llevado en andas, entre los gritos de aprobación de la multitud. Desde los balcones del cielo, los que en vida habían sido despreciados y marginados por haber tenido algún defecto físico, arrojaban guirnaldas de colores y una lluvia de papel picado. El tío saludaba embelesado, levantando su brazo izquierdo que ahora se doblaba armoniosamente. Y al llegar a lo que parecía ser el centro del cielo, un personaje radiante, ataviado con una túnica de brillantes colores, le tendió dos manos horadadas y lo abrazó tiernamente mientras le susurraba quedamente al oído: "Ya estás en casa."

LA TOYA

*"Señor, dame de esa agua
para que no vuelva a tener sed
ni siga viniendo aquí a sacarla.*
Evangelio según San Juan 4:15

La Toya era la loca del pueblo. Todo pueblo tiene locos porque ellos nos hacen falta para pensar que somos cuerdos, para sentirnos normales. Cumplen una función social parecida a la de los linyeras, los borrachos, las putas, los homosexuales y los enanos. Al compararnos con ellos nos sabemos propietarios, sobrios, moralmente rectos y sexual y físicamente normales.

Como toda loca, la Toya era impredecible. Nunca se sabía qué iba a decir o qué iba a hacer. Teníamos que estar siempre preparados para lo peor. Ese día había venido a traerle a papá unos zapatos para que los arreglase y como llovía mucho y no tenía paraguas, la invitamos a comer. Así que ahí estábamos, la familia entera, dispuestos a disfrutar del famoso puchero de mamá. También estaba Rivarola, un capitán del Ejército de Salvación, quien nos visitaba a menudo con el solo pretexto de ligarse una comida gratis.

La Toya se pasó los primeros diez minutos mirando fijamente el plato de comida como si estuviese lleno de algo que ella no podía descifrar. Con movimientos lentos fue separando uno a uno los ingredientes: la carne de las papas, el choclo de las zanahorias, y dejó para lo último un pedazo de zapallo, que quedó aislado en un costado del plato. Yo la miraba de reojo y Rivarola se sonreía con un dejo de lástima y piedad contemplando a aquella mujer que en su visión religiosa del mundo calificaba como endemoniada.

Luego de su ardua tarea de organización la Toya comenzó a comer, despacio, disfrutando de cada bocado, con una sonrisa de placer en el rostro ausente. De vez en cuando buscaba nuestra aprobación repitiendo la misma frase mas de una vez: "Está rico el puchero, ¿no?" a lo cual todos respondíamos afirmativamente celebrando así las artes culinarias de mamá, quien con una sonrisa tímida reconocía el cumplido.

—¿Y usted a qué se dedica? —le preguntó súbitamente la Toya a Rivarola.

—Soy capitán del Ejército de Salvación, le contestó.

—¿El Ejército de Salvación? ¿Y a quienes salva ese ejército?, —volvió a preguntarle la Toya.

—A gente como vos, replicó Rivarola.

La respuesta se me antojó despiadada. ¿No se da cuenta con quién estaba hablando?, pensé. Los locos son como niños, inocentes, sinceros, no ocultan nada, no se protegen, andan por la vida con la libertad de no tener que rendirle cuentas a nadie, para eso son locos. La Toya lo miró con curiosidad y le disparó otra pregunta (los locos se la pasan preguntando para llenarse la mente de respuestas que luego algún día utilizarán cuando el mundo se les vuelva tan inentendible que ya no lo puedan soportar).

—¿Y quién es el jefe de este ejército?

—Jesús, contestó Rivarola.

—¿Jesús? ¿El crucificado?

—El mismo.

—Pero, yo pensaba que Jesús nunca mató a nadie y los ejércitos matan gente.

—Sí, es verdad, pero este ejército es diferente. En lugar de matar, salva.

—¿De qué?

—Te explico...

En este punto en la conversación todos esperábamos expectantes la respuesta de Rivarola. La Toya había terminado de comer y lo miraba como quien ve por primera vez a un extraterrestre.

—La persona que no tiene a Jesús en su corazón está perdida, hambrienta, necesita del pan de vida que es Jesús...

La Toya lo interrumpió:

—A mí me gustaría comer de ese pan así no tengo que andar pidiendo por ahí o venir a comerlo acá.

Rivarola no pudo contener la risa y dijo:

—No, no es lo que quise decir. Estaba usando una metáfora.

—¿Una *meta* que´?, —preguntó la Toya.

—Una metáfora, una manera de hablar de algo difícil de

entender usando un ejemplo de la vida diaria, como el pan en este caso.

Al oír esto la Toya tomó unos pedazos que habían quedado en la panera y los metió disimuladamente en una bolsa de arpillera que había puesto debajo de la mesa. Luego nos miró a todos como si allí no hubiera pasado nada y fijando sus ojos nuevamente en Rivarola le preguntó:

—¿Y cómo sé yo si tengo a Jesús en el corazón?

—Lo sabés si vas a la iglesia. Si no, no. ¿Vos vas a la iglesia?

—A veces voy a la parroquia de Lourdes, acá cerca. El cura es muy bueno y me ayuda dándome comida y hasta unos pesos para comprarle algo a mis hijos, que tengo dos, un varón de ocho y una nena de seis. Los estoy criando sola, porque el padre, un borracho de mierda… uy perdón capitán, se me fue la lengua… bueno, ese tipo nos abandonó hace ya muchos años.

—Y ese señor ¿era tu marido?

—No, que va, estábamos juntados…

—O sea que vivían en pecado…

—No, vivíamos en la casa de mi mamá que fue la única que nos aceptó porque lo que es mi viejo, ese es otro. No quiso saber nada con los niños primero, después aflojó, pero cuando llegó el tiempo de disfrutarlos se murió. También mi mamá se murió, así que ahora estoy sola.

—Por eso necesitás a Jesús en tu corazón, pero primero tenés que arrepentirte de todos los errores que has cometido en tu vida, empezando por haberte juntado con un borracho y tener hijos ilegítimos, bastardos que se dice.

—¿Y cómo se arrepiente una?, ¡cómo se hace? ¿Tengo que ir a ver al cura? Es lo que me enseñaron desde chica, que para cualquier cosa que tiene que ver con diosito hay que verlo al señor cura.

—No, no vas al cura, que es un ser humano como vos. Tenés que hablar directamente con Dios.

—Ah, eso es fácil. Yo hablo todo el día con gente que vive adentro mío. No los veo, pero escucho sus voces. ¡Y me dicen cada cosa! Usted ni se imagina.

—Me lo suponía, —dijo Rivarola mirándonos a todos como si aquello hubiese sido una consulta médica y él hubiese dado con el diagnóstico acertado. —Esta mujer necesita una intervención, un exorcismo quiero decir. —Y acto seguido se levantó de la mesa y le preguntó a mi madre:

—Doña Josefa, ¿Podría pasar a un lugar privado y llevar a esta mujer?

—Sí, claro, contestó mamá, por aquí. Y mientras decía esto los condujo hacia una de las habitaciones.

—Venga Toya, dijo Rivarola. Hoy se van a acabar las voces.

La Toya lo siguió sin entender mucho. Los dos desaparecieron tras la puerta del comedor. El silencio se podía cortar con un cuchillo. Al darme cuenta de lo que estaba a punto de suceder me asusté tanto que me dieron ganas de ir al baño. De pronto comenzaron los gritos provenientes de la habitación contigua. Era el capitán Rivarola que decía a voz en cuello: —Sal de ella espíritu inmundo, sal y no vuelvas a entrar, te lo ordeno ¡en el nombre de

Jesús! Lo curioso es que solo se oía su voz. De la Toya nada, ni un sonido. El exorcismo duró unos diez minutos más o menos al cabo de los cuales regresaron, Rivarola con el rostro descompuesto y sudando fuertemente bajo su uniforme azul y rojo, la Toya como si nada.

Se sentaron nuevamente a la mesa y el almuerzo continuó normalmente. La Toya entonces, inclinándose hacia un costado y cubriéndose la boca, le dijo a mi hermana: —Este tipo está medio tocado, ¿no? — Casi me hago pis de la risa. "Se han invertido los roles", pensé, "la loca habla como un cuerdo y el cuerdo está desalineado como un loco".

—Bueno, dijo la Toya. Es hora de irme. Y fue ahí cuando le escuché proferir esas palabras que se han convertido en leyenda en nuestra familia: —Hemos comido y hemos bebido, ¡no he de levantar la mesa ni creo en Dios! — Y diciendo esto enfiló hacia la calle. Había parado de llover y sus hijos esperaban el pan que se anidaba, prometedor, en su bolsa de arpillera.

SOR JUANA

Cuando el autobús cargado de pasajeros perdió el equilibrio en medio de una torrencial lluvia y fue a estrellarse contra un centenario árbol a un costado de la ruta, la vida de Juana llegó a un prematuro e impredecible final. Junto a ella perecieron también su esposo, su hijo de siete años, y veinte personas más.

Juana—a quien los que la conocieron de niña la llamaban "Sor Juana" porque iba a una escuela dirigida por monjas—había crecido en un hogar muy religioso donde todo lo que no oliera a incienso era pecado. Sus padres le enseñaron la importancia de la obediencia a la autoridad, especialmente a la del hombre, quien era por mandato divino "el que llevaba los pantalones", no solo en la casa sino también en la sociedad. Se crio con una madre sometida a la autoridad del cura y a la de su marido, dándole un ejemplo que nunca pudo seguir, pues desde su adolescencia le fue muy difícil controlar el impulso de sus hormonas devenido en una sexualidad avasallante que la desbordaba.

Juana era hermosa, con un aire de picardía e ingenuidad que la hacía irresistible a los hombres, a quienes se les había dicho que ésta era la mujer ideal, socialmente sumisa pero sexualmente agresiva, virgen y *femme fatale* a la misma vez, lista para complacer a quien fuera. Lo cierto es que todos—sus padres, su esposo, sus hermanas (tenía dos), sus amigas, el cura párroco, las monjas de la escuela—estaban equivocados. Juana no complacía a nadie, solo a sí misma. El poco o mucho placer que experimentó en su vida fue porque lo eligió, fue para ella, no para los demás. Como el día en que conoció a Carlos, su futuro esposo, en la plaza de la ciudad. Fue allí donde le robó el primer beso (*Sí, Antifaz, escuchaste bien. Ella le robó un beso a él, ¿qué tal?*) porque Carlos—a pesar de que por fuera parecía el típico macho, seguro de sí mismo, jactándose de sus aventuras románticas, señal inconfundible de que lo opuesto es verdad, porque las muchas palabras siempre tratan de ocultar algún secreto—no sabía cómo besar a una mujer y mucho menos a una del calibre de Juana.

Después de un breve noviazgo se casaron en la iglesia evangélica del pueblo. ¿Cómo fue posible, viniendo ella de una familia tan católica? ¿Fue acaso su determinación a hacer lo que quería, en contra de todos, aún de sus padres, que asistieron a la boda a regañadientes, especialmente el padre, quien tuvo que "entregar" a su hija a su próximo dueño en la humilde casa del Dios patriarcal, no en su mansión oficial, la iglesia católica de la plaza mayor, con su imponente arquitectura gótica y sus ruidosas campanas? ¿O fue quizás porque Juana estaba embarazada, y por eso su vestido de casamiento era rosa y no blanco, como hubiera correspondido? Esto explicaría por qué el cura de la parroquia no quiso casarlos, como así también las forzadas sonrisas de los padres, los suegros y los concurrentes.

Las mujeres de la iglesia habían hecho sobre la gastada alfombra un camino de pétalos de rosas y un corazón con los nombres de los novios en el centro, el cual se desarmó cuando el vestido de Juana lo transpuso, analogía cruel de lo que acontecería con su matrimonio. Cuando finalizó la ceremonia religiosa los concurrentes fueron invitados a una fiesta en la casa de los padres de Juana donde no se podrían haber juntado dos grupos más dispares. Por un lado estaban los católicos, ruidosos y exagerados, bebiendo y comiendo con gran placer. Por el otro los evangélicos, silenciosos y circunspectos, tratando de mostrar que pertenecían a una cultura religiosa superior. Pronto el alcohol comenzó a sembrar estragos entre los familiares de la novia, especialmente el cuñado, casado con una de las hermanas que miraba con envidia la panza de Juana, ya casi visible debajo del vestido de novia, porque ella nunca había podido tener hijos debido a que su marido era estéril. Por eso Toto—que así se llamaba—trataba de ocultar su condición de hombre frustrado abrazando melosamente a las jovencitas de cortas minifaldas amigas de Juana, quienes ya estaban lamentando haber perdido a su compañera de andanzas.

El matrimonio produjo una hija, hermosa como su madre. Juana se acostumbró a la maternidad y cambió sus hábitos sociales, relegando sus amistades a la familia y a alguno que otro compañero de trabajo de su marido. Olvidada quedó la vida de antes, sus andanzas por el pueblo montada en la bicicleta para verse con el novio de turno. Olvidado quedó su apodo, "Sor Juana." Ahora era la "Señora Juana", con toda las responsabilidades y los privilegios conferidos por el título. De adolescente ingenua y apasionada pasó a ser una mujer madura y mesurada, reservando su libido para su marido en los infrecuentes momentos de intimidad que salpicaban de humanidad una vida dedicada al trabajo y a la obligación.

Durante unos pocos años disfrutó de este nuevo estatus hasta que apareció Vicente, un ilusionista con ínfulas de mago que había estudiado hipnosis en una de las academias de Buenos Aires. En la ciudad era conocido como "el gran Vicente", de manera que nadie se acordaba de su verdadero nombre, Juan Vicente. Ambicioso desde niño, aspiró siempre a la vida fácil y por eso se puso a hipnotizar gente. Esto le dio prestigio y poder, porque cuando lograba que audiencias enteras hicieran cosas absurdas, como cacarear como gallinas o gruñir como cerdos, se sentía un poco dios. Sin embargo, y por ser bajo de estatura, Vicente adolecía del típico complejo de petiso.

Un día Carlos fue a ver una de sus actuaciones y al final de la misma se acercó a charlar con él. Fue el principio de una amistad que duraría unos cuantos años. Vicente le comentó que andaba buscando a alguien que hiciera de maestro de ceremonias y le ofreció el puesto. Carlos aceptó inmediatamente. A la semana siguiente era ya el anfitrión oficial del show. Luego de unos meses de ejercer esta posición, Carlos trajo a su mujer para que viera la función. Fue el principio del fin. Juana comenzó a trabajar como la típica ayudante femenina de los ilusionistas, pero esto no duró mucho tiempo. Pronto pasó a ser amante y de esta relación surgió un hijo, Andrés, a quien un día, cansada de mentir, reveló ser de Vicente. "No es tuyo—le dijo a Carlos—es de él".

¿Por qué? se preguntarán muchos. ¿Qué necesidad tenía Juana de serle infiel a su marido? ¿Qué estaba sucediendo entre ella y Carlos que la llevó a esta decisión extrema de poner en juego su reputación de mujer decente? Mucho. Carlos no la entendía, actuaba más bien como un padre, o un patrón, que como un marido, esperando siempre que ella lo sirviera y lo adulara, sin preguntarse cuáles eran realmente sus anhelos y sus sueños. No. Juana cumplía el rol tradicional de la mujer de ese entonces, dando placer pero nunca requiriéndolo para sí misma, algo que Carlos nunca objetó pues era el modelo que había recibido de su padre. En cambio Juana sí. Desde adolescente había cuestionado el mundo de los hombres pero no tuvo otra alternativa que someterse al mismo. Sin embargo ahora había encontrado en Vicente la calidez y la ternura que Carlos no supiera brindarle y entonces decidió ser honesta consigo misma y, sacando fuerzas de su conflictuada feminidad, arremetió valientemente contra la tempestad que sus acciones iban a desencadenar, lo cual sucedió, pues de ahí en más sus vidas se transformaron en un calvario. La gente los catalogó enseguida con términos humillantes y llegaron a ser el tema de conversación en cada esquina y tienda del pueblo. A donde fueran les precedía su fama, de la cual no volverían a desprenderse.

Cuando la noticia del trágico accidente se divulgó todos quedaron impactados. Al enterarse, Carlos lloró desconsoladamente la muerte del que pensó su hijo y a quien siempre quiso como tal. La familia de Juana, que al principio la condenara, llegó a recordarla con cariño, especialmente su hija, quien a menudo, al pasar por el lugar en donde el destino había dicho su última palabra, murmuraba en silencio: "Mamá, no sabés cuánto te extraño."

La madre de Vicente intentó suicidarse, pero la salvaron justo a tiempo, cuando su esposo entró repentinamente en el cuarto en el momento en que estaba a punto de cortarse las venas. Logró recuperarse tiempo después y llegó a aceptar la realidad. Nunca más volvió a intentarlo. Y hoy conserva en el living de su casa un portarretrato con la foto de los tres, tomada en una de las playas del Atlántico. Carlos trató de borrar a Juana de su mente, pero no pudo. Siempre estuvo presente, aun cuando volvió a casarse y—ahora sí—ser feliz. Había sido su primer amor y, como sabemos, este siempre perdura en algún lugar de nuestro ser cual brasa inextinguible. Y hasta yo, que solo conozco la historia porque me la contaron, me enternezco al pensar que Juana fue alguien que tuvo el coraje de vivir en la cuerda floja, de transgredir los valores tradicionales de una sociedad hipócrita que siempre la condenó. Por eso creo que ella también fue un *Antifaz Negro*.

LA MUERTE EN MI PUEBLO

"…hasta que vuelvas a la tierra,
porque de ella fuiste tomado."
Génesis 3.19

En mi tiempo, las personas se morían bien, como se debe morir, no de aburrimiento, como ahora, confinadas a sus casas, esclavas del televisor y de su déspota siervo, el control remoto, condenadas a experimentar la vida a través de una pantalla luminosa de 60 por 40 centímetros, una minúscula y burda imitación de la realidad, que se hace pasar por verídica y total para así confundir, mistificar y deshumanizar. Hace poco me enteré que encontraron a un anciano muerto, sentado delante del televisor, su mano todavía apretada al control remoto. Murió mirando un programa de esos que se llaman show de realidad (*reality show*), doblado en un castellano con acento centroamericano, que mostraba la vida diaria de una familia muy famosa en los Estados Unidos y en la cual uno de sus integrantes estaba en el proceso de cambiarse el sexo a través de terapias hormonales y cirugías plásticas. No puedo pensar en otra manera más alienante de morir. Los últimos sonidos que este anciano escuchó fueron en un castellano importado, lo último que vio fueron unas personas viviendo una realidad que él nunca llegaría a entender.

Por eso es que digo que antes la gente se moría bien, con dignidad, ya sea después de una enfermedad adecuadamente certificada por el médico del pueblo, o en un accidente que movilizaba a toda la comunidad y hacía de la víctima una especie de héroe local, alguien cuya manera de morir lo inscribiría para siempre en los anales de la historia del pueblo: "¿Te acordás de cómo murió Eduardo? Increíble, ¿no? Y pensar que cuando se levantó ese día no sabía que se iba a estrellar contra ese árbol en la ruta..." Y a veces la gente se moría en seguidilla, como fue el caso de Lalo y su hermana Calucha, dos solterones que habían vivido juntos toda la vida. Cuando Lalo murió de una embolia cerebral Calucha predijo acertadamente: "Lalo me lleva," lo cual sucedió dos días después.

Ese fue uno de los primeros velorios a los que asistí. Recuerdo merodear cerca de la casa en donde la muerte había establecido su campamento temporario y ver a los funebreros traer la parafernalia funeraria: candelabros para las velas, caballetes de metal para apoyar el cajón, respaldares para las flores. Estas últimas eran las que le daban al velorio su condición mortuoria, ese olor penetrante que era imposible de ignorar. Cuando uno olía ese perfume no olía las flores, olía la muerte. Y lo más interesante es que a mí me gustaba, me parecía sublime, apaciguador, reconfortante, el momento de la paz después de la batalla inútil. Las flores anunciaban que dentro de esa casa había un cuerpo que ya no sufría, unos familiares que si bien lo lloraban sabían que ahora el individuo estaba en paz. Entre el llanto, a veces exagerado, como el de Calucha por su hermano, se podía entrever el alivio que llega cada vez que alguien entiende que la muerte es parte de la vida, muchas veces una bendición, una bienvenida presencia.

Recuerdo también las quedas conversaciones de los deudos y amigos mientras tomaban café sentados en el salón de la casa, congregados alrededor del cajón. Con una mezcla de temor e incredulidad logré acercarme al féretro y observar de cerca a la persona que había conocido en vida, aquel hombre amable que siempre me daba una sonrisa de aprobación: "Hola Antifaz, ¿qué nuevas aventuras tenés para contarme?" La rigidez de la muerte se había apoderado de su cuerpo y este era ahora simplemente el caparazón de lo que supo ser cuando lo habitaba la vida. Las manos, sobre todo, me llamaron poderosamente la atención, cruzadas sobre el pecho en toda su inmovilidad de cera, como queriendo decir que ya no volverían a empuñar el martillo, o el pincel, o a levantar la copa de sidra para brindar en el año nuevo, o a buscar en los bolsillos el último cigarrillo, o las monedas para la propina generosa. Las manos de Lalo gritaban a viva voz el fin de la vida y el comienzo de la eternidad.

Finalmente, recuerdo vívidamente el coche fúnebre que vino a llevarse a Lalo a su última morada. Este momento fue dramático, lleno de emoción y de belleza. Previa visita a la iglesia del pueblo, en donde se le dispensaron los últimos ritos, el coche fúnebre, tirado por una yunta de majestuosos corceles negros, inquietos y sanguíneos, condujo al difunto al cementerio. Todavía recuerdo el ruido de las herraduras sobre el asfalto y las órdenes precisas del conductor, quien, vestido con un impecable traje negro, los dirigía con un silbido que sonaba como un beso tirado al aire. La caravana fúnebre, constituida por varios automóviles en donde viajaban los familiares y los amigos, se completaba con los infaltables curiosos que la seguía con la mirada, como si fuera una procesión triunfal.

La gente antes se moría bien, como dije, con dignidad, acompañada. Hoy en día, en muchos casos, se muere mal, sola, sus vidas a menudo prolongadas artificialmente a través de drogas y medicinas que solo benefician a los doctores, los hospitales y las compañías farmacéuticas. La finalidad de la muerte es también negada por la tendencia cada vez más común a la cremación, que oculta la realidad de la muerte, su belleza, su fuerza dramática, su función pedagógica, su capacidad de sorprender, y la cambia por una urna de tibias y humeantes cenizas, todas iguales, sin distinción, sin particularidad.

El día que *Antifaz Negro* se vaya para siempre de este mundo, dejará su máscara en el cajón de algún mueble antiguo, y se irá cantando bajito. Se dormirá en paz, no en la aséptica blancura de las cenizas, pero bajo la sombra acogedora de un pino, en toda la putrefacta belleza de su cuerpo. Les contará sus aventuras inéditas a los habitantes de la tierra y estos, en silencio, las desparramaran por el mundo. Y un día otro niño, o niña, se inventará su propio *Antifaz Negro*.

DESPERTAR

"Ah, si me besaras con los besos de tu boca..."
Cantar de los Cantares 1:2

I

—Dale boludo, besala cuando se apague la luz. —La provocación venía de mis amigos, sentados en la fila de atrás en el cine al que íbamos todos los sábados para la matinée, tres películas seguidas por el mismo precio. Ese día me acompañaba Silvia, mi novia, la hija del gerente de una institución bancaria muy importante de mi ciudad, una rubia hermosa, desarrollada ya como mujer a los trece años, la envidia de mis compañeros del colegio y del "Coto" Bermúdez, un amigo de mi hermano, que siempre me decía, medio en chiste, medio en serio: —Si vos no hacés algo, alguien lo va a hacer. Es demasiado mina para que se desperdicie con un pibe como vos...Por aquel entonces el "Coto" tendría unos veinticuatro años y aunque era muy grande para suponer que tendría una chance con Silvia, no dudé ni un instante que, dada la oportunidad, se encargaría de cumplir su nefasta profecía. Sentí una gran repulsión hacia ese individuo y pensé en protegerla a cualquier precio.

Con tanta presión social supe que tenía que actuar de inmediato. Así fue que cuando se apagó la luz, y comenzó la película, me volví hacia ella, la llamé susurrante y preparé mis labios para mi primer beso. Dos enormes ojos verdes me miraron desde la penumbra de la sala y de una boca delineada por dos labios color guinda salió el monosílabo: —¿Qué? — Paralizado por la respuesta solo atiné a decirle: —Nada, — y seguí mirando la película. Mis amigos en la fila de atrás se descostillaban de la risa al presenciar mi fracaso pues el beso, al igual que un tren sin pasajeros, nunca dejó la estación, y por eso nunca llegó a destino. Se desarmó dentro de mi boca, entre dientes mal emplomados y una lengua geográfica que despertara la curiosidad de mi dentista, y se desvaneció, se murió antes de nacer. Y ahí nomás se terminó la relación. Ella esperaba algo más y yo nunca supe dárselo. Quizás el Coto tenía razón. (*No te martirices, Antifaz ¿Qué sabías vos del amor, y del sexo, con una formación religiosa tan estricta y unos padres que nunca se habían besado en público?*)

Poco tiempo después Silvia se mudó a otra ciudad y no la volví a ver nunca más. Han pasado ya más de cincuenta años, pero así y todo a veces me acuerdo de la oportunidad perdida, del beso que no fue, de mi primer amor, cuando yo aún vestía pantalones cortos, y el mundo era un enigma indescifrable, y me había inventado a *Antifaz Negro*, y andaba en la bicicleta de mi padre montado sobre el caño porque no alcanzaba a los pedales. En el contaminado aire de aquel cine pueblerino tan parecido al de la película *Cinema Paradiso*, yo esbocé mi primer intento de beso, mi primer encuentro con la sexualidad.

II

—Besame, — escuché de pronto. El susurro me arrancó súbitamente de mi sopor onírico. Venía de mi prima Leticia, acostada en el piso al lado mío en la habitación de mi abuela donde, para aguantar el calor de aquel tórrido verano, habíamos ido a dormir la obligatoria siesta. En el cuarto estaban también mi madre, mi abuela, mi hermana, y otra prima, algunas en colchones tirados en el piso, otras en la cama matrimonial de la *nonna*, yo en una cama pequeña que daba a una ventana por la que se colaba el olor nauseabundo del agua servida que corría despreocupadamente en las alcantarillas de la cortada, nombre que se le daba a las callejuelas que "cortaban" el diseño vial urbano.

Ya despierto, no entendí bien lo que estaba sucediendo. Miré a mi alrededor y todos dormían, excepto Leticia, quien se había incorporado del piso lo suficientemente como para alcanzar la altura de mi cama y tomarme del brazo, forzándome así a darme vuelta y enfrentarla. —Besame, —volvió a decir, y me atrajo hacia ella poniendo sus labios húmedos sobre los míos. Mis febriles y confundidas hormonas, acostumbradas solamente a escaramuzas fútiles, ya que nunca había besado a una mujer, si bien es cierto que lo había intentado, sin éxito, con Silvia, mi amor platónico de sexto grado, comenzaron a preguntarse si quizás este no sería el momento esperado. Estaba nervioso y asustado, pero acepté la invitación.

Cuando nuestros labios se juntaron tímidamente el corazón me dio un vuelco. El beso en cuestión fue breve, casi inexistente, solo unos segundos, pero a mí me pareció eterno. Fue como lanzarme a un precipicio, a un mundo nuevo lleno de recónditos lugares que me invitaban a explorarlos. Cuando finalmente los dos nos apaciguamos, todo volvió a ser como antes. Los ronquidos vacilantes de la abuela me aseguraron que al menos ella seguía durmiendo. Recorriendo el cuarto con mirada ansiosa, temiendo que alguien hubiese presenciado el incidente, comprobé que todos dormían. Después de la siesta le pedí que me diera una explicación, que me dijera por qué lo había hecho y si es que sentía algo por mí y que si no se daba cuenta de que éramos primos. Pero ella, evadiendo mis preguntas, se alejó corriendo, tratando de ocultar el incipiente rubor que le ganaba el rostro. *(Antifaz, qué hipócrita que fuiste, ¡si a vos ella te gustaba tanto como ella de vos y ya lo habías notado, no me digas que no, por la forma en que te miraba! De cualquier manera, tuviste que decirlo para acallar la culpa que ya había comenzado a hacer estragos en tu vida, y lo seguiría haciendo por muchos años más…)*

Aún no sé si lo viví o lo inventé, pero lo cierto es que aquel episodio, confuso y tierno, salto al vacío de mi sexualidad inexperta, ha quedado registrado en mi memoria para siempre. Y regresa, obstinadamente, cada vez que algo o alguien lo resucita. Como el otro dia, por ejemplo, cuando al escuchar un compact de *Los Plateros* me hallé súbitamente en el patio de la abuela, mirándola a Leticia con ojos de adolescente enamorado, sin entender bien lo que estaba sucediendo. Y algo dentro mío se lamentó y me conmoví hasta las lágrimas.

Dos besos. Uno que nunca fue, el otro que apenas si existió. Ellos fueron los precursores del caudal erótico que iba a alimentarme el resto de mi vida.

LA FOTO

Desde la foto aquella, tomada por un fotógrafo profesional cuando cumplí doce años, le sonrío al hombre que soy hoy. Y mamá también me sonríe, cubriéndose la boca con un dejo de vergüenza para no delatar la ausencia de unos dientes que nunca habían recibido la atención adecuada. Los dos estábamos en transición, yo hacia los pantalones largos y la adolescencia; ella, hacia una sonrisa plena.

Sobre la mesa del comedor, que solo utilizábamos para ocasiones especiales, se pueden ver los alimentos típicos de una fiesta de cumpleaños de esos tiempos: el chocolate caliente, que hasta el día de hoy no he vuelto a gustar, delicioso, espeso, reconfortante; la Coca Cola en botella de vidrio, la bebida más popular de esos años; los alfajores de maicena; los sándwiches de pebete con jamón y queso, que de solo acordarme se me hace agua la boca. Un grupo de amigos y familiares se agrupa en torno a mí que, con una sonrisa fresca y nueva que nunca llegué a recuperar pues al día siguiente ya era vieja, miro a la cámara como diciendo que a los doce años ya estaba listo para esa pubertad que llegaría pronto con los pantalones largos y los sueños húmedos.

Papá también me mira desde la foto, soberbio, confiado

en sus cincuenta y cuatro años que le daban una apariencia de fortaleza y seguridad que yo llegué a ver también en mí, en otra foto, allá por el año 1984 cuando, habiendo ya accedido a la paternidad, me bebía la vida como se bebe un buen vino, disfrutando de cada trago. Mi primo Rubén, escondido detrás de un vecino que obviamente no quiere ser fotografiado, me mira con sus ojos pícaros, ojos que ya de grande dejarían entrever otras picardías. Una vez escuché que los ojos nunca envejecen. Mientras que el cuerpo se deteriora, ellos continúan descubriendo, observando y analizándolo todo, persistentes y curiosos. (*¿Cuántos mundos soñaron tus ojos, Antifaz? Y ¿cuántos se materializaron? Quizás ninguno…*) Cuando miro la foto, mis ojos de niño y los actuales se encuentran y confirman la teoría.

El "negro" Rojas también me mira. No sabe que unos años después iba a morir trágicamente al intentar cruzar las vías del tren sin notar que desde la dirección opuesta otro convoy se acercaba velozmente. Y también me mira Irene, la vecina que un día decidió terminar abruptamente con su conflictuada vida cortándose las venas en el baño de su casa.

El niño de la foto me mira, y yo miro al niño. Entre las dos miradas hay un abismo de cincuenta y tres años que el niño no ha cruzado todavía. No sabe nada aún de amores platónicos y de los otros, de las visitas furtivas a la casa de aquella mujer, cuyo cuerpo lo recibirá gustoso para calentar los desolados inviernos del hemisferio norte. También desconoce la alegría sublime de ser padre, o la de publicar su primer libro, o su primer compact. Todo eso vendría después, en el generoso y amplio espacio que le iba a brindar la vida. Nada de eso pasa ahora por la mente del niño que, apoyado sobre la mesa, me mira con la inocencia del que no sabe.

El hombre que soy hoy mira con ternura al niño que fui. El niño mira al fotógrafo. El fotógrafo y yo ocupamos el mismo espacio en frente de la escena ahora convertida en foto. La diferencia es que el fotógrafo no sabe lo que le sucederá a las personas que tiene delante, pero yo sí. Cómo me gustaría poder decirle al niño de los pantalones cortos que aproveche bien sus años jóvenes para hacer lo que la religión y la edad adulta le iban a prohibir, embriagarse de "viento y de primavera," como diría uno de los poemas de su hermana, aún no escrito, y así no tener un día que analizar su vida con el remordimiento por lo que nunca fue. Cómo me gustaría poder decirle al "negro" Rojas que mire para los dos lados antes de bajarse del tren, o decirle a Irene que salga a caminar y a oler las flores del jardín antes de empuñar el cuchillo que acabaría con su vida. Pero la foto no me lo permite. Es un tirano, un amo cruel que somete a todos a la esclavitud del tiempo, es una calle de una sola mano, es un espejo que captura solo un instante, aquel que quedó inmortalizado con el click del disparador. O como dijera alguien, es una fotografía de la muerte, porque lo que vemos en ella es un tiempo que ya no existe.

Al contemplarla hoy, me doy cuenta que la vida es como una foto: se sabe quién la toma, pero nunca quién, y cuándo, la contemplará. Y un día, cuando yo ya no esté más, alguien la mirará y completará con su imaginación la historia de *Antifaz Negro*.

EL TALLER

La casa paterna donde me crie tenía varias habitaciones que daban a un patio en donde mi madre cultivaba todo tipo de plantas y flores. Había allí begonias, jazmines, rosas chinas, aljabas y helechos plantados en robustas macetas de terracota pintadas de blanco y rojo. En las mañanas de primavera, desde la habitación que compartía con uno de mis hermanos, salía al patio para embriagarme con el aroma de las aljabas y los jazmines. Desde el garaje, donde mi padre tenía su taller de zapatería, venía el sonido persistente del martillo machacando la suela de algún zapato viejo que se resistía a ser arreglado.

El taller se llamaba "La Economía", en donde un prominente cartel rezaba "Hoy no se fía, mañana sí." Era la forma en que mi padre disuadía a los clientes morosos y evitaba así conversaciones incómodas sobre lo cara que estaba la vida y que el chico necesita los zapatos para ir a la escuela y apenas si podemos llegar al fin del mes con lo poco que gana mi marido, y argumentos por el estilo, que mi padre sabía que iba a perder porque en el fondo, y a pesar de su gesto duro, tenía un corazón muy blando.

En aquel taller pasé mi niñez y mi adolescencia. Sus cuatro paredes, sucias del polvo de la máquina de pulir y del tanino de la suela, fueron testigos de mi despertar a la vida, a las sensaciones aquellas que alguien me dijo eran prohibidas y pecaminosas. Después de almorzar, mientras mi madre limpiaba la cocina y mi padre dormía su rigurosa siesta reparadora, yo hojeaba los periódicos que se utilizaban para envolver los zapatos tratando de imaginarme, a través de las propagandas de las últimas películas, un mundo lleno de imágenes femeninas que habían adquirido ahora roles diferentes a los de madre o hermana y se habían transformado en el objeto de un deseo todavía en pañales. Pero lo hacía con un dejo de culpa y de vergüenza, ya que el sexo era algo que no se mencionaba en mi casa, ni tampoco en la iglesia, y si se lo hacía era solo para puntualizar sus aspectos negativos. Se lo asociaba con lascivia, palabra que leí por primera vez en la Biblia y que nunca utilicé a no ser en ámbitos religiosos. Tenía la connotación de algo sucio, indecente, inferior, despreciable, algo que se practicaba en los rincones obscuros del pueblo, en los burdeles de mala fama, en las piezas de las pensiones alumbradas por mortecinos faroles, algo que transformaba a las personas en seres irracionales, casi animales. Recuerdo que el padre de uno de mis amigos me explicaba una vez que aquellos globos llenos de un líquido blanquecino que a diario encontrábamos desparramados por la calle eran para matar perros. —¡Ni se te ocurra tocarlos! — me decía.

A mi padre le gustaban los radioteatros, o novelas como le llamábamos en aquel tiempo, especialmente las de gauchos que se transmitían a las doce del mediodía. Yo solía sentarme con él en el taller y escucharlas con suma atención. Mientras el cuchillo se deslizaba diestramente sobre la suela, cortando el material sobrante que, cual finas rodajas de queso, caía sobre su delantal, papá escuchaba atentamente el drama radial sin emitir palabra. A veces me imaginaba que estaba tan metido en el guion que su mente se había trasladado a ese escenario ficticio en el cual él era aquel gaucho indómito que arriesgaba todo por el amor de la mujer inalcanzable. Papá se había criado en el campo y conocía muy bien la lógica de la vida campestre; pero había cambiado ese hábitat natural por la ciudad y los negocios. Y un día, en una gran ciudad, conoció a mi madre y el amor por el campo se transformó en amor por mi madre, y el amor por mi madre lo llevó también a amar a la ciudad. Sin embargo, cuando escuchaba las novelas, aquel primer amor por lo campesino retornaba, reprochándole su infidelidad, y al menos por unos instantes papá volvía a ser el gaucho que fuera en su juventud.

Lo cierto es que en aquel taller mi padre forjó un magro futuro para su familia, trabajando de sol a sol, sentado todo el día en su banquilla de zapatero. Allí, entre periódicos y revistas sucias, y uno que otro libro parcialmente destruido, como aquel diccionario sin tapas en el cual leí, para mi sorpresa, la palabra "puta", desperté a un mundo nuevo y dí rienda suelta a los mensajes urgentes de mis hormonas inmaduras. Y fue allí también donde un día la vi venir. Solía traer zapatos o carteras para arreglar. Tendría por entonces mi edad, unos trece o catorce años. De una belleza inusitada, con ojos marrones y labios carnosos, nariz pequeña y senos muy desarrollados para su edad, esta niña - porque no era más que una niña- era el paradigma de la sexualidad, la belleza prístina, la seducción transgresora, la invitación a la vida. Caminando bajo el recalcitrante sol del verano, con un vestido floreado en el que la brisa jugaba a las escondidas, parecía una aparición celestial. Ni siquiera recuerdo su nombre. Realmente no sé si alguna vez se lo pregunté, porque para mí ella era la diosa innombrable, presencia etérea en aquel taller que se transformaba en santuario cada vez que entraba y que al marcharse quedaba impregnado de un aroma fuerte y persistente, como el del incienso después de la misa.

En una de sus tantas visitas al taller (*Antifaz, ¿no será que venía para verte y vos pensabas que solo venía a traer zapatos? Vos siempre tan ingenuo...*) no pude resistir la tentación de espiar, a través del escote de su vestido, los frutos de su adolescencia precoz. Se dio cuenta, y su rubor correspondió al mío. Ella, por ser descubierta, yo por ser el descubridor osado. Nos miramos con vergüenza y luego de preguntarme para cuándo estarían listos los arreglos se marchó apresuradamente.

Pero un día la diosa desapareció. Se echó a andar por caminos terrenales, se disipó el aroma del incienso y aquella presencia volátil y sensual se transformó en carne vieja y cansada. Se casó con un muchacho feo y desalineado, a quien yo tanto envidiara por su acceso irrestricto a la diosa, y tuvieron cuatro hijos. La última vez que la vi fue en la calle. De la diosa ya no quedaba nada. El paso implacable de los años, y su destino de madre, decretado por el dios macho, autoridad suprema del panteón patriarcal, habían hecho estragos en su cuerpo. No me vio, pero si lo hubiera hecho seguramente habría pretendido no reconocerme. Las diosas y los dioses venidos a menos no quieren que sus antiguos devotos los vean en su estado actual de impotencia. No hay nada peor para una divinidad que aceptar su propia decadencia e irrelevancia. Cuando esto sucede se transforman en ídolos inertes, reflejos tristes de lo que supieron ser, estampitas que los niños de la calle entregan a los pasajeros en los trenes y autobuses de las grandes ciudades de nuestro continente.

En el taller aquel vivieron también otros personajes. Mi padre tenía siempre ayudantes, aprendices del oficio de zapatero, que se transformaban en parte de la familia. Me acuerdo de dos. El "negro" Distéfano y el "indio" Rafael Contreras. Nunca supe cuál era el nombre del "negro", quien, aunque su tez era bien blanca, ya que provenía de una familia de inmigrantes italianos, tenía el pelo negro. Por eso nunca se quejó de que lo llamaran "negro". No había en el apodo racismo explícito, más allá de que el término era racista de por si, como lo era también el apodo de "indio" para Rafael quien, a juzgar por la coloración de su tez, y los rasgos de su cara, tenía obviamente sangre indígena.

Mi padre sentía la obligación de ofrecerles a estas personas una oportunidad para mejorarse como individuos. Les enseñaba un oficio que luego les ayudaría "a desenvolverse en la vida," (así hablaba mi padre, con terminología que aprendió por leer todos los días el periódico, aunque no hubiese terminado la escuela primaria). Ambos ayudantes, con el tiempo, no solo aprendieron el oficio, también lograron independizarse y establecer sus propios talleres de compostura de calzados. Recuerdo con cuánto orgullo el "negro" vino un día a anunciar que había abierto una zapatería. Cuando fui a visitarlo me di cuenta que su taller era una réplica del de mi padre, desde la pulidora hasta la máquina de coser, el almanaque con motivos gauchescos y el mate amargo esperando al cebador comedido.

El "negro" venía de una familia de empleados públicos, sin oficio permanente, que al igual que nosotros vivían en una casa alquilada, pero mucho más humilde. Su padre había fallecido hacía ya un tiempo y su madre, que trabajaba como ordenanza en una escuela pública, era el único sostén económico para una familia de tres hijos varones. No había en esa casa una imagen paterna que hubiera servido de inspiración para el "negro," pero su madre, una mujer de carácter firme, supo pelearle a la vida y lograr un espacio en una sociedad que miraba con desdén a una mujer que era cabeza de familia. Así que con gran sacrificio y tenacidad crio a sus hijos en lo que ella describía como "los caminos del Señor", una expresión que era parte de la jerga religiosa de la iglesia a la que todos asistíamos.

Un día, el "negro" se casó con Karina, una joven inestable emocionalmente que terminó en un hospital psiquiátrico. Luego del divorcio, el "negro" siguió trabajando como zapatero y frecuentando nuestro ámbito familiar como si fuera otro hijo. El día que mi padre murió, fue uno de los que ayudó a llevar el féretro hasta la sepultura, mientras una lágrima de agradecimiento por aquel hombre que le había enseñado a valerse por sí mismo en la vida se le escapaba de los ojos.

Cuando regresé a la antigua casa, luego de muchísimos

años, me acompañaban mi mujer y mis dos hijos. Todo me pareció más pequeño, menos importante. La calle en la cual jugábamos a la pelota, y donde cazábamos mariposas durante las interminables tardes de verano, se me antojó diminuta, casi un sendero ahora que estaba asfaltada. Los años, y el progreso, le habían quitado su encanto. El lugar en donde había estado el paraíso, un árbol al cual nos subíamos los chicos del barrio para tirarles pepitas a los vecinos desprevenidos, estaba ahora lleno de basura y de yuyos. De la diosa-niña del vestido floreado y los labios carnosos no quedaban rastros. La puerta de su santuario se había cerrado para siempre el día en que nos mudamos a la nueva casa.

CINE EN LA CALLE

El señor Labataglia, propietario de un taller mecánico, ofrecía durante las noches de verano cine gratuito para el vecindario. Instalaba un proyector en la entrada de su negocio y desde allí proyectaba películas en blanco y negro sobre una sábana blanca colgada en la pared de la casa de enfrente. Los pibes del barrio nos juntábamos y nos sentábamos en el cordón de la vereda para ver a nuestros héroes del celuloide desfilar delante de nuestros maravillados ojos, que a esas horas tendrían que haber estado cerrados y en el mundo de Morfeo, pero que por una indulgencia especial de nuestros padres, estaban todavía abiertos, pendientes de cada cambio de escena en la película.

El permiso paterno se debía a la naturaleza del espectáculo, montado por una persona de confianza en la comunidad, católico ferviente y miembro de la llamada Acción Católica. Eso aseguraba que las películas fueran potables, aptas para una audiencia familiar. Recuerdo sentirme tan libre y eufórico esas noches, la cálida brisa del verano acariciándome el rostro, viendo las plateadas imágenes en la sábana que servía de pantalla, y metiéndome en el mundo mágico de las películas, generalmente de cowboys, de detectives, o de guerra, y alguna que otra comedia romántica. Era como soñar despierto. Allí vi mis primeras cintas de John Wayne, Doris Day, Greta Garbo, Humphrey Bogart, Ingrid Bergman y otras. Y muchas bíblicas, que a mi me fascinaban. Es más, eran mis preferidas.

Me sentaba yo al lado del "pelado", que fuera abusado en el árbol de la escuela secundaria del barrio, y de Eduardo, el hijo del banquero, que no podía pronunciar la palabra pajarito y que en su lugar decía *pacarito*. Sus padres me habían asegurado que después de operarse de las amígdalas iba a poder hablar bien, así que inmediatamente después de la operación lo fui a visitar y le ordené — decí pajarito, —y para mi decepción, y su vergüenza, me contestó — *"pacarito"*. —También estaba allí Pichardo, lo llamábamos por el apellido, no recuerdo su nombre, quien un día, vanagloriándose de sus aventuras sexuales con una criada feúcha, casi nos hace vomitar a todos, y Rodolfo, un chico mayor, hijo de un suboficial del ejército que siguió la profesión de su padre y a quien un día lo encontré en el cuartel cuando yo estaba haciendo el servicio militar y de amigo pasó a ser mi superior.

Mis hermanos también concurrían, pero ellos se mantenían alejados, como estableciendo una necesaria distancia generacional con los otros chicos del barrio. Nuestro mundo no les incumbía, ni el de ellos a nosotros. Eran mucho más grandes que yo. La diferencia de edad era notable y por eso la relación que tenía con ellos era más la de sobrino a tío que la de hermano a hermano. Lo cierto es que ellos también venían al cine callejero y disfrutaban de las películas tanto como nosotros.

A veces solía venir mi hermana, con quien tenía una relación diferente. Fue ella quizás la que, con sus historias fantásticas, provocó en mi la idea de *Antifaz Negro*. En esos días la situación económica de la familia era tal que demandaba que durmiéramos los dos en la misma cama, yo del lado de los pies, ella de la cabecera. Fue durante ese tiempo ambiguo que sucede antes de la llegada del sueño, cuando lo real y lo onírico se confunden y no se sabe cuál es cuál, que ella me contaba historias sobre un pequeño extraterrestre que solía visitarla de noche y a quien le confiaba sus secretos de adolescente rebelde. Y a mí me parecía ver ese diminuto personaje con antenas caminando suavemente sobre su almohada. Y así conciliaba el sueño.

Un poco más lejos, y rodeada por su familia, estaba Irene, la chica más deseada por todos nosotros. Nos babeábamos al verla. Todos queríamos acercarnos a ella para bañarnos en su luz angelical y aspirar su perfume sublime. Pero no lo permitía. Ni siquiera nos hablaba. Nos ignoraba. Tenía unos ojos azules que penetraban hasta el alma y una forma de caminar que despertaba esas urgencias físicas que no acabábamos de entender. Una noche, cuando la película mostraba una pareja besándose apasionadamente, torné la vista hacia donde estaba Irene y comprobé que ella también me estaba mirando (*Ay, Antifaz, que vuelco te dio el corazón*). Esa noche tuve mi primer sueño húmedo.

Al finalizar el espectáculo, el señor Labataglia desarmaba el proyector, bajaba la sábana de la pared y cerraba el negocio no sin antes anunciar el día y la hora de la próxima función. Decepcionados por el fin de la velada y comentando algunos de los pormenores de la película, regresábamos a la rutina familiar, a la cama acogedora y a los ronquidos rítmicos de mi hermano con quien compartía el cuarto, a soñar con revivir los incidentes de la película, a poder besar a Irene como Humphrey Bogart besó a Ingrid Bergman en *Casablanca* mientras aquella famosa canción- *You must remember this, a kiss is still a kiss...* resonaba en el aire tibio de una ciudad que si bien no entendía la letra, palpitaba al embrujo de la melodía.

LA TOSQUERA

Subido en la bicicleta de mi padre, sentado sobre el caño por no poder alcanzar los pedales desde el asiento, con el bombo colgado del hombro, solía dirigirme raudamente a la casa de "Cachito" Ledesma, donde iba a ensayar con el conjunto folclórico "Los Pampeanitos del Amanecer," del cual formaba parte por ser uno de los pocos que tenía bombo, instrumento absolutamente necesario, por lo menos así lo creía yo, para que el grupo tuviera credibilidad musical. Así que, sabiendo que mi presencia era indispensable, me apresuraba a llegar, no solo por eso, pero también porque el caño de la bicicleta me hacía doler. (*¡Vamos Antifaz, aguante!*)

La plaza La Tosquera (la palabra viene de *tosca*, que significa piedra) marcaba la división entre la ciudad y uno de sus barrios, en este caso, el barrio del mismo nombre. Allí vivía gente de condición más humilde, empujados hacia los límites de lo urbano por sus bajos ingresos. Las casas eran más pequeñas, muchas de las calles no tenían pavimento y las escuelas no tenían el nivel académico de las de la ciudad. Yo, que concurría a una de estas últimas, era bien consciente de que al cruzar la plaza entraba en un mundo marcado por privaciones que yo no conocía. Era casi como cruzar de una cultura a otra.

Del otro lado de la placita, como la llamábamos para distinguirla de la plaza mayor del centro de la ciudad, todo era más pequeño y de menor calidad. Las iglesias, por ejemplo, comparadas con la impresionante catedral gótica del centro, reflejaban una arquitectura mediterránea. Eran más sencillas, pero también más acogedoras, más cálidas. Recuerdo bien la gruta de la Virgen de Luján, donde había una hermosa escultura de la virgen. A veces me detenía a contemplarla, no sin culpa, ya que a nosotros los evangélicos nos habían dicho que eso de rezar en frente de una virgen era idolatría, el tipo de pecado que te mandaba al infierno por toda la eternidad. Pero atraído por la posibilidad de que la divinidad tuviera forma de mujer, yo igual me bajaba de la bicicleta y la contemplaba por un largo rato. Y la virgen, desde su cárcel de mármol, me prodigaba una sonrisa maternal que parecía decir que a veces los dictados del padre, ya sea el humano o el celestial, no eran los más reconfortantes, ni los más piadosos, sobre todo para un niño de doce años.

En la casa de "Cachito" los ensayos eran estricta y rigurosamente supervisados por su madre, una mujer bajita, con ojos que dejaban entrever un carácter formidable. Ella era en realidad la directora artística del grupo. Ya el primer día me preguntó si tenía botas, bombacha y sombrero de gaucho, porque ese era el atuendo oficial del conjunto. Al responderle negativamente me aseguró que iba a ver cómo podía conseguirme uno. Me pareció una actitud loable y bondadosa, pero en realidad ella no quería perder al del bombo, especialmente ahora que no solamente lo había encontrado, sino que también lo había escuchado tocar. Yo había aprendido escuchando e imitando a un famoso grupo folclórico de ese entonces, y a "chirola", un amigo de la iglesia que dominaba el instrumento. Cuando "chirola" y yo nos poníamos a tocar chacareras a dos bombos, parecíamos profesionales. Al ensayo siguiente ya tenía mi atuendo de gaucho, con pañuelo incluido.

Con "Los Pampeanitos" visité muchos de los hospitales y asilos de la ciudad invitados por una de las enfermeras del Hospital de Niños, unos cuantos años mayor que yo, de la que me enamoré perdidamente (*tu primer corazón roto, Antifaz...*). Entreteníamos a enfermos y a ancianos, quienes nos recibían con alegría al ver sus padecimientos y sus tediosos días interrumpidos por un poco de color y de música. Nos sentíamos necesitados y aceptados y nuestras canciones, al absorber el dolor y la resignación de estas personas, los liberaban de su condición, al menos por un rato. Al marcharnos, muchos de ellos nos despedían con lágrimas en los ojos. Yo no lo entendía entonces. Ahora sí. Es que no sabían si nos volverían a ver. Lloraban, no tanto por nuestra ausencia sino por la incertidumbre del final aquel del que nadie quería hablar.

El conjunto tenía varias admiradoras, chicas del barrio que concurrían a la misma escuela que Cachito y el otro integrante, César, excelente guitarrista y, por eso mismo, orgulloso e intolerable. Me costó mucho aceptarlo, pero como yo era nuevo en el grupo tuve que aguantármelo. Era obvio que las chicas se pegaban al grupo por él, no por Cachito, que era un chico humilde y bonachón, como su padre, don Ledesma, un albañil gordito que sonreía constantemente. Cuando me integré al grupo me di cuenta que algunas de las chicas me miraban con ojos diferentes y ahí comenzó la competencia con César. Si yo entonaba una parte de la canción bien, él me la sacaba y la cantaba solo. Si yo sugería una armonía o un final pulido, él se oponía y hacía algo diferente, usualmente gritado y un tanto desafinado. César tocaba bien la guitarra, pero cuando cantaba, los perros del vecindario huían despavoridos a sus cuchas.

Mi tiempo con "Los Pampeanitos" duró poco, un año o algo así. Cuando ingresé a la escuela secundaria, en la parte más culta de la ciudad, un grupo folclórico que se había formado en la escuela descubrió mis habilidades como percusionista y me invitaron a formar parte del mismo. Y ya no tuve tiempo para ir a La Tosquera para ensayar y visitar a la chica aquella que me perseguía y que según mis amigos era "fácil." Me alejé del grupo, del barrio y de la obligación de tener que demostrar mi masculinidad, lo cual no hubiera podido debido a una imposibilidad física que resolví años más tarde con una operación traumática en el decrépito hospital de la ciudad (¡*Vamos Antifaz, no sufras, ya pasó!*).

El barrio de La Tosquera, "Los Pampeanitos del Amanecer", la Virgen en su gruta de piedra blanca, y la muchacha aquella que nunca entendió por qué nunca accedí a sus requerimientos, todos estos recuerdos se almacenaron en mi interior y resurgen, ya de grande, en mis intervalos oníricos, en donde ahora sí puedo concretar lo que un día no pude. En mis sueños, la muchacha aquella y yo hacemos el amor debajo de un frondoso árbol, César decide dejarme cantar las partes más difíciles de las canciones porque reconoce mi talento, y la enfermera regresa a mi vida muchos años después para transformarse en mi amante y confidente. Y soy feliz, inmensamente feliz, porque sé que nada de ello es verdad.

EL ÁRBOL

Irguiéndose majestuoso en el jardín del colegio al que asistía, el árbol aquel fue testigo mudo de nuestras aventuras adolescentes. Durante los días de semana era parte oficial del predio escolar, ofreciéndose gustoso a las demandas de la botánica. Se lo estudiaba por su corteza añil y por sus orificios en el tronco en donde se escondían pequeños ratones y ardillas, por sus hojas de un color verde profundo que formaban un conopial formidable que protegía de la lluvia y servía de habitáculo para las diferentes variedades de pájaros de la zona, quienes utilizaban sus firmes ramas como pista de aterrizaje y decolaje. El árbol era el centro de atención de un jardín primoroso mantenido cuidadosamente por don Nicola, el jardinero, un italiano bajito y panzón a quienes los alumnos querían mucho. Siempre lo veíamos regando los canteros de flores, echándole fertilizante a las plantas, sacando los yuyos, poniendo piedritas de color morado en los caminos adyacentes. Y mientras lo hacía, el árbol parecía darle su bendición desde su estatura vegetal.

Pero durante los fines de semana el árbol cambiaba de rol. Y de dueño. Ya no le pertenecía más a la escuela. Nos pertenecía a nosotros, los chicos del barrio, y por eso adquiría otra vida. Nos brindaba su fronda benefactora para nuestros juegos, era cómplice de nuestro traspaso cuando nos trepábamos la verja que protegía el colegio y nos apoderábamos de su cancha de basquetbol. Allí pasábamos horas y horas jugando bajo el sol, despreocupados del mundo hasta que el grito desmesurado de alguna de nuestras madres nos llamaba al ritual diario de la comida.

Trepados al árbol nos imaginábamos que éramos soldados defendiendo una fortaleza cercada de feroces enemigos, y recogiendo algunas de las pepitas de sus ramas, las arrojábamos a los supuestos atacantes hasta que ni uno de ellos quedaba con vida. Otras veces, el árbol era una nave espacial en la que atravesábamos el espacio en busca de nuevos planetas, o un barco, un transatlántico que nos llevaba, como Colón, a descubrir nuevas tierras. Y a veces era simplemente un gran columpio desde cuyas ramas nos arrojábamos al vacío para aterrizar suavemente en la verde grama.

En ese árbol presencié por primera y última vez una relación sexual entre dos varones, algo que nunca iba a poder borrar de mi memoria, aún de grande. Bueno, eso de relación sexual es un decir. En realidad, fue un abuso, una imposición de alguien con poder sobre otro que no lo tenía.

—Mirá *Antifaz*, este es el plan, —me dijo Roberto, el hijo del celador del colegio. —Lo llevamos al Pelado (este era el apodo de uno de nuestros amigos que evidentemente tenía tendencias homosexuales, aunque yo nunca lo había notado) al árbol y ahí yo le hago lo que ya sabes con el pretexto de que después él se lo hace a ustedes. ¿Qué decís?

El mero pensamiento de tal posibilidad me hizo correr un frío helado por los huesos, pero no pude decirle que no. Roberto era mayor, le teníamos miedo. Si no consentía con su plan podría propinarnos una soberana paliza, o denunciarnos a todos como maricones consumados. Y esto era la peor condición para cualquier ser humano: maricón, puto, dado vuelta, invertido, marcha atrás. Como Carlitos, el mozo del bar del restaurante del teatro Colón, que como decíamos entonces, "la miraba con cariño". Carlitos era otra víctima silenciosa de la sociedad machista en la que nos criamos, que solo catalogaba de homosexual al que era penetrado. Porque Roberto, detrás de su fachada de macho, ocultaba una incipiente homosexualidad, aunque ni él ni nadie lo hubiera querido reconocer. Después de todo, el machismo no tiene límites. Todas y todos son las víctimas de su humeante fusil.

Lo que sucedió entre las ramas de aquel árbol me llena aún de vergüenza, por el pelado y por mí, que no tuve las agallas de decir que no. Cuando el acto estuvo concluido, Roberto nos mandó que escapáramos, mientras el pelado reclamaba su parte del trato corriendo como un desaforado detrás nuestro. Pudimos saltar apresuradamente la verja y refugiarnos en nuestras casas antes de que nos alcanzara y ahí se terminó el asunto. Nunca más volvimos a hablar de ello, pero las imágenes del acto aquel no se borrarían jamás de mi mente, y aún me asaltan en sueños que luego trato de olvidar.

Después del incidente aquel el árbol volvió a cumplir su rol tradicional, pero nunca llegó a ser lo que fue. Cada vez que me subía a él no podía olvidarme de lo sucedido. No volvió a ser el sitio acogedor de nuestros juegos de adolescentes; algo y alguien lo había profanado convirtiéndolo en el ámbito cruel de mi despertar al tabú y a la vergüenza. No sé lo que fue de la vida del Pelado. Nunca más lo volví a ver. Quizás llegó a aceptar su sexualidad y como Carlitos, el mozo del bar, tuvo que vivirla en secreto para no ser humillado por una sociedad homofóbica que oculta detrás de un machismo acérrimo su propia inseguridad. Quizás, como el árbol, tuvo que cumplir dos roles, uno oficial, respetable; el otro marginal, y para cierta gente, deplorable. Quizás se casó y tuvo familia pero de vez en cuando, en secreto, al amparo de alguna callejuela oscura, o en el sucio cuarto de un viejo hotel, aún se entregue con pasión a otro cuerpo igual al suyo que lleva impreso la firma del Creador, aunque ni él ni la iglesia quieran reconocerlo.

DE CHILE CON AMOR

"Vino a su casa, y los suyos no la recibieron"
Evangelio según San Juan 1:11

Con una cajita azul que contenía la ropa para su bebé, todavía en la panza, mocasines marrones, pollera kilt, y un saco de corderoy al tono, indumentaria esta que había reemplazado ya al poncho y la mochila con los que llegara de Chile, Juana, mi hermana, tocó el timbre de la puerta de la casa de Irma. Una cara enrojecida por el alcohol se asomó tímidamente por la rendija.

— ¿Quién sos? — le preguntó el hombre.

— Me llamo Juana. Irma me conoce, ¿está?

— No, salió a hacer unas compras. ¿Para qué querías verla?

— Necesito ayuda, un lugar donde quedarme por unos días hasta que se resuelva este pequeño problemita que tengo — dijo, tocándose el bulto que se le asomaba por el saco de corderoy.

Cosme, que así se llamaba el hombre, la miró con sorpresa, como si nunca hubiera visto una mujer embarazada. El vino lo había obnubilado hasta tal punto que el espacio entre la realidad y la fantasía creada por el estupor alcohólico era ya un velo similar a la rendija que lo separaba de aquella extraña.

— Pasá, sentate — le dijo indicándole un sillón rojo que dominaba el pequeño living — seguro que ya está por llegar. ¿Querés tomar algo — preguntó. — Yo estoy tomándome un tinto, ¿gustás uno?

— No — le dijo Juana, apuntándose de nuevo la panza.

— Ah, claro, por supuesto, las embarazadas no pueden tomar, pero como yo no estoy embarazado — dijo con una sonrisa mezcla de picardía y estupidez — voy a seguir con el tinto. Y diciendo esto desapareció a través de la puerta que comunicaba con la cocina desde donde reapareció enseguida sosteniendo a duras penas una botella de vino y otra de Coca Cola bajo su brazo, y dos copas, una en cada mano, mientras mordía el corcho con sus dientes sucios de nicotina.

— Acá tenés una Coca. Esto si podés tomar ¿no?

Juana aceptó la bebida y comenzó a tomarla despacito mientras estiraba su cansado cuerpo en el sillón. El viaje en autobús había sido agotador, diez horas, sin baño, aguantando el incontrolable deseo de orinar que se tiene cuando un bebé de ocho meses te aprieta la vejiga. Dos veces estuvo a punto de claudicar al dolor y dejar que la fuente dorada bañase el piso del desvencijado vehículo, pero afortunadamente llegaron a una parada en el camino y pudo así evitar la vergüenza. La segunda vez logró que el conductor detuviera el autobús y Juana descendió y hallo un pródigo árbol a la vera del camino.

— ¿Puedo ir al baño? —preguntó Juana.

— Sí, por supuesto —contestó Cosme, mientras apuntaba con la cabeza en la dirección opuesta a la cocina. — Ahí está.

Juana se incorporó y en ese momento un dolor penetrante le hizo volver a sentarse.

—¿Qué te pasa, ¿estás bien?

— No lo sé. De pronto siento como si algo se hubiera roto en mi interior. Me duele muchísimo el abdomen.

— Esperá, no te muevas, voy a llamar a una ambulancia.

Juana quiso disuadirlo, pero el dolor era tan penetrante que aceptó la sugerencia. De pronto todo se obscureció. Lo último que escuchó fue el lejano ulular de la ambulancia. Cuando despertó estaba en una cama del hospital local. Una enfermera colocaba agua sobre la mesa de luz. Cuando se dio cuenta que Juana se había despertado se acercó con una sonrisa.

— ¿Qué sucedió?, ¿dónde estoy? — dijo Juana, sintiéndose extrañamente liviana. - ¿Qué me han hecho? ¿Dónde está mi bebé?

— Shhhh —la calmó la enfermera— todo está bien. Diste a luz un bebé hermoso, un poco prematuro, pero hermoso. Los médicos temían lo peor porque te desmayaste. Estas muy débil y eso fue lo que precipitó el parto. Por eso vas a tener que quedarte acá en observación por unos días y después te podrás marchar. ¿Tenés familia en el pueblo?

Sí, tenía, pero no la habían querido recibir porque su embarazo había sido el producto de una aventura que ellos consideraban ilícita y deplorable. Se negaban a aceptar que esa vida que Juana llevaba en el vientre era parte de ellos.

— Tengo una amiga, se llama Irma.

— Ah, sí, ella está aquí. Vino ni bien se enteró de lo que te había sucedido. Está en la sala de espera, ¿querés verla?

— Sí, por favor—dijo Juana. Estuvo a punto de llorar, pero se contuvo. No quería que nadie la viera llorar. Es signo de debilidad, pensó, y no quiero que nadie se compadezca de mi especialmente ahora.

Irma entró con un paquete en sus manos. — Los caramelos de menta que a vos te gustan tanto— le dijo — mientras le daba un beso en la mejilla. En ese momento entró la enfermera. — Mirá lo que te traigo: tu bebé.

Juana se incorporó en la cama y recibió a su hijo. La primera vez que se miraban y ya estaban conectados para toda la vida. El bebé movió sus labios como pidiendo algo y Juana enseguida supo lo que hacer. Se lo llevó al pecho e inmediatamente comenzó la rítmica succión. La tibieza del bebé se confundió con la de su cuerpo y en cuestión de minutos, ya saciado, dormía plácidamente en su regazo.

— Es diferente a lo que pensaba — dijo Juana. — Cuando lo tenía en mi interior era parte mía. Ahora es un ser independiente, con una vida propia. Pareciera que viene de otro lado, de otro planeta, un extraño conocido que viene a explorar y perturbar mi mundo. Ahora todo será distinto, para siempre. Y esto me alegra, pero a la misma vez me confunde, me altera, y me pone muy ansiosa…

— Ya lo entenderás, de a poco, date tiempo. Esto no te había sucedido antes. Y ahora será la realidad de todos los días, por el resto de tu vida. Es fuerte, y lindo. — Irma realmente no sabía lo que estaba diciendo porque ella nunca había sido madre.

— ¿Y dónde irás ahora? — prosiguió — ¿Tus padres saben de esto?

— Saben que estaba embarazada, pero por vergüenza, por el qué dirán, no han querido verme. Te imaginarás que ahora es mucho peor porque ahora la prueba de mi "pecado" se ha hecho visible, se ha manifestado, se ha encarnado. Ahora todos lo verán.

— Pero yo pensaba que tu familia era muy religiosa. Si hay alguien que debería entender tendrían que ser ellos.

— Sí, así lo creía yo también. Pero no, solamente mi mamá me ha venido a ver a hurtadillas, escapándose de mi viejo, que ya ni me habla.

— Has pensado en un nombre? ¿cómo querés llamarlo?

— Matías, se llamará Matías. ¿Sabés lo que significa?

— No, no lo sé.

— Regalo de Dios.

— Qué apropiado. Es casi subversivo. El producto del supuesto pecado es un regalo de Dios. Me encanta; es una manera de decirle a todos que estaban equivocados. Es algo con lo que tendrán que vivir el resto de sus vidas, especialmente tu viejo.

En ese momento entró la enfermera y con una sonrisa le dijo:

— Hay alguien afuera que quiere verte.

—¿Quién es? — preguntó Juana.

— Tu madre.

— ¿Cómo se enteró?

— Yo le avisé — dijo Irma, anticipando la reprimenda de Juana. ¿Está bien?

Sí, estaba bien. Juana sintió que por lo menos alguien de su familia veía que lo de Chile no había sido una locura de juventud, pero una necesidad impuesta por la vida, su instrumento para que Juana se convirtiera en mamá, como la suya, la que estaba ahí, paradita enfrente de la cama. No lloraba. Nunca había visto llorar a su madre, quien estaba acostumbrada a ocultar lo que sentía, cualidad que le transmitió a algunos de sus hijos, no a Juana, por cierto, quien nunca tuvo problemas desnudando su alma, pero a mí sí, quien para mostrar mi otro yo -mi verdadero yo- tuve que inventarme a *Antifaz Negro*.

—¿Cómo estás? — le preguntó, limpiándose la nariz con un pañuelito blanco que escondía en la manga del suéter — vine ni bien Irma me llamó.

— ¿Qué dijo papá cuando se enteró? — musitó Juana.

— Se sorprendió. No pensaba que iba a ser tan pronto.

Por supuesto que no. Lo que él quería era postergar el momento de la vergüenza lo más posible, evitar a toda costa enfrentarse con la realidad de un nieto nacido fuera de la moral dictada por la iglesia y las buenas costumbres, evitar tener que explicar, como muchos años después una de sus bisnietas tuvo que hacer, el nacimiento de un hijo producto también de una situación anormal. (*Antifaz, vos decime, ¿qué es lo normal? ¿Vos eras un chico normal, con ese raye casi enfermizo de aparentar ser otro?*) Era como que en los genes de la familia estaba eso de hacer las cosas a contrapelo de las normas sociales imperantes, puesto que, aunque su padre no lo admitiría jamás, su propio matrimonio rayaba en lo incestuoso, pues su esposa era también su prima. Negar la vergüenza, taparla, había sido parte de la formación de Juana y por eso su denuncia implacable de todo de lo que para ella fuera falso o hipócrita.

La madre se acercó finalmente a la cama y tomó a Matías en sus brazos, lo acurrucó como una vez lo había hecho con sus propios hijos y luego de un momento se lo devolvió. Juana percibió un brillo aguado en sus ojos y por primera vez la vio llorar.

Unas semanas después de la visita, y cuando ya Juana se había ubicado en la casa de Irma, recibió una llamada telefónica de su madre diciéndole que su padre quería verla, y a su nieto.

— Tomate un taxi — le dijo — nosotros lo pagamos.

Tomate un taxi significaba 'no dejes' que nadie te vea con el niño." — De nuevo, un intento de ocultar la vergüenza—pensó Juana—Pero no, esta vez no se la voy a hacer tan fácil. Y como quien anota algo en un papel para no olvidarse, tomó a Matías, lo puso en el cochecito y enfiló con paso firme hacia la casa paterna. Una mujer de mediana edad la detuvo y le dijo:

— Qué hermoso bebé, ¿es tuyo? ¿cuántos meses tiene?

— Fuera de mi panza, un mes; dentro de mí, una eternidad, siempre, contestó Juana. Y diciendo esto siguió caminando mientras tarareaba aquella canción que tan bien la describía:

Muchacha ojos de papel, ¿a dónde vas?
quédate hasta el alba.
Muchacha piel de rayón, no corras más,
tu tiempo es hoy.
Y no hables más muchacha,
corazón de tiza,
cuando todos duerman
te robaré un color...

LA CASA

La casa nos dio su último adiós con lágrimas de ladrillo viejo. Subida al camión de la mudanza mamá también lloraba, silenciosamente, despidiéndose para siempre de aquel lugar que nos acogiera durante quince años cual madre pródiga. No lo había pensado antes, pero la casa fue como una madre para mí porque allí nació *Antifaz Negro*.

Con sus múltiples habitaciones que daban a un corredor interior, ella había sido testigo mudo de las alegrías y las tristezas de mucha gente. De estas, había aprendido a reír, pero también a llorar; por eso lo hacía ahora, mientras el camión me transportaba a un nuevo mundo, a una nueva casa. Porque las casas, como las personas, tienen sentimientos, son felices o desgraciadas según lo sean sus habitantes. Lo absorben todo. Sus paredes están cargadas de recuerdos. Por eso de noche, cuando todos duermen, dejan salir por entre sus pisos de madera los crujidos de la angustia acumulada por años. Pero también saben reír, como lo hacen cuando nace un bebé, o se casa la única hija del matrimonio, o se celebra un cumpleaños (*¿Te acordás, Antifaz, de la fiesta de tus doce años? ¡Qué feliz se te veía!*).

Rivadavia 377. Nunca me olvidaré de esta dirección. Ninguna otra ha quedada grabada en mi memoria como esta. Y me pregunto por qué. ¿Será que Rivadavia 377 y *Antifaz Negro* son sinónimos? ¿Será que la casa y yo nos constituimos en una sola entidad? Yo era la casa y la casa era yo porque ambos teníamos cosas que ocultar. La casa, las pasiones indecibles de sus habitantes; yo, mis desventuras y mis sueños de justiciero que nunca se realizaron. En la casa aquella, con su taller, su altillo, su pieza del frente, su galpón decrépito y su largo corredor bordeado de plantas, yo aprendí a soñar. Y un día, entre sus viejas y descoloridas paredes, me inventé a *Antifaz Negro*, el otro yo del niño que supe ser y que se pasó su infancia imaginándose un mundo mejor pero que al crecer perdió la capacidad de soñar y se adaptó a la presencia avasalladora de lo real.

Muchos años después, con mi mujer y mis dos hijos regresé a visitar la casa; pero había cambiado tanto que no me reconoció. Ni yo a ella. Me pareció más pequeña, más triste, menos casa y más un edificio viejo sin nada que decirme. Los nuevos dueños no me dejaron entrar así que tuve que imaginarme cómo el tiempo había dejado sus huellas en su interior, de la misma manera en que lo había hecho en su fachada. Quizás fue mejor. A nadie le gusta que se le recuerden sus años, su vejez, su cercanía a lo inevitable. Y las casas no son la excepción. Un día a ellas también les llega el fin, al conjuro implacable del pico y de la pala.

Y nunca más volví. Sé que ella sigue allí, esperando mi visita, la cual seguramente nunca sucederá. Como mi madre, que un día tuvo que dejarme ir a un país lejano, la casa tendrá que acostumbrarse a vivir sin mí, sin el *Antifaz Negro* que ella ayudó a parir. Ese es su amplio y generoso destino de casa, y de madre.

LOS CONGRESOS

Todos los creyentes estaban juntos ...
y compartían la comida con alegría y generosidad.
Los Hechos de los Apóstoles 2:44-46

Los congresos eran una especie de asambleas o reuniones que se realizaban en la iglesia evangélica a la que concurría con mis padres. En estos congresos, que duraban tres días, de viernes a domingo, la congregación local se inflaba numéricamente hasta desbordar su capacidad física. Había que agregar bancos y sillas y aun así quedaba gente parada en aquella pequeña iglesia de la calle Necochea 625.

Venían congresistas de todo el país y muchos traían consigo sus instrumentos musicales. En una ocasión vino una banda con trompetas, trombones, tubas, clarinetes y hasta un redoblante. Me acuerdo la emoción que sentí cuando los tradicionales himnos, generalmente ejecutados en un destartalado armonio, eran acompañados ahora por la banda y entonados a todo pulmón por los feligreses que, alentados por sus vibrantes notas, se sentían animados a demostrar su fe a todo el mundo. Y esto era importante, porque aquellos eran años de gran hostilidad entre evangélicos y católicos. La enemistad era tan grande, tan pronunciada, que durante uno de esos congresos un grupo de jóvenes de la llamada Acción Católica, con la arrogancia propia del que se siente apoyado por la iglesia oficial, interrumpió una de nuestras reuniones arrojando piedras contra las ventanas de la iglesia y gritando slogans en contra de los protestantes.

Al día siguiente, y como protesta al incidente, todos los congresistas, chicos incluidos, nos dirigimos a la plaza de la ciudad entonando nuestro himno preferido, *"Firmes y Adelante,"* escrito por Martín Lutero, marchando con sumo orgullo detrás de la banda, que emitía con sonoridad inaudita las marciales notas del himno. Era similar a un desfile militar, tan común en esos días en mi país, con la diferencia que su propósito no era demostrar el poderío bélico de la nación sino más bien el conflicto que la iglesia mantenía con el mundo, en la esperanza de que Jesús, el jefe de este ejército de hombres y mujeres armados con la palabra de Dios, iba a conducirlos a la victoria final, a ese final apocalíptico grabado a fuego en las páginas de la Biblia y que nosotros creíamos que iba a suceder en cualquier momento. Desde las veredas adyacentes la gente del pueblo nos miraba atónitos. ¿No son estos los de la iglesia de la calle Necochea? ¿Qué hacen entonces acá marchando en esta procesión? ¿Desde cuándo tienen el derecho de manifestarse así, tan públicamente? ¿No era que los evangélicos no estaban autorizados para hacerlo? Y así continuaba el coro de opiniones ante nuestra impertinencia social y religiosa.

Cuando llegamos a la plaza principal formamos un círculo alrededor de la banda y uno de los pastores, Biblia en mano, comenzó a arengar a los curiosos que se iban juntando a arrepentirse de sus pecados y entregar sus vidas al Señor Jesucristo, mientras que desde el otro lado de la plaza las campanas de la iglesia católica sonaban estrepitosamente, tratando de acallar la prédica que cuatrocientos años de historia no habían logrado.

Mis padres hospedaban muchas veces a algunos de los congresistas. Se traían catres alquilados especialmente para la ocasión y mi casa se convertía en un albergue. A la mañana me despertaba el armonioso canto de los visitantes, el olor al café recién hecho y la sonrisa dulce de mamá. Me vestía rápidamente e iba a la cocina, el lugar más cálido de la casa, en donde había comenzado ya el ritual del desayuno, donde el pan se dejaba seducir por el dulce de leche y la manteca y hasta papá, que generalmente se recluía en su taller de trabajo, participaba de aquel momento compartiendo con los congresistas alguna que otra idea del sermón de la noche anterior. Todos estaban alegres, felices, expectantes ante el nuevo día de reuniones que tenían por delante.

Luego de los cultos matinales, los congresistas almorzaban juntos en el salón de sociales de la iglesia sentados en largas mesas con bancos, compartiendo los alimentos con alegría y sencillez. Al ruido de la vajilla y de los cubiertos se unía el de los sorbidos de la sopa y el de las botellas de Coca-Cola al ser destapadas. Los jóvenes de la iglesia se encargaban de vender las bebidas y las señoras servían la comida con el orgullo de quien anticipa ya un comentario halagador: —¡Qué buena está la sopa doña Catalina! ¿La preparó usted? —A lo cual ella respondía afirmativamente. La escena se repetía a la hora de la cena, y antes de la última actividad que cerraría aquel día de deliberaciones. Por lo general era una reunión en donde se exhortaba a los concurrentes a fortalecer su fe y a redoblar los esfuerzos para convertir a los no creyentes. Una reafirmación de nuestra identidad como evangélicos, una identidad que era negada el resto del año por la mayoría de los habitantes de la ciudad, quienes en su ignorancia nos consideraban herejes y por lo tanto marginales.

En uno de esos congresos conocí a Tommy, un muchacho ya mayor, de unos veinte años, que había venido de la capital. Estaba enamorado de mi hermana y por eso mismo buscaba congraciarse conmigo. Me traía golosinas y me hacía preguntas sobre ella, qué era lo que le gustaba, si salía con alguien, y cosas por el estilo. Yo, que solo estaba interesado en las golosinas, le daba ideas: ropa, zapatos, anillos, pulseras, es decir, todo lo que a esa edad pensaba que a una mujer le atraía. Tommy, que venía de una familia adinerada, le regaló un anillo bien caro, como para impresionarla. Pensó quizás que podía comprarla, como al anillo. Pero no fue así. Cuando mi hermana le hizo saber que la relación no iría a ninguna parte, el decepcionado novio lo arrojó al techo de la iglesia, donde todavía debe estar, sepultado bajo una capa de polvo de más de 60 años.

¡Cómo disfrutaba de este tiempo! Hubiera querido que nunca se acabara. Pero bien sabía yo que no sería así, que con la última acelerada del autobús que los había traído, los congresistas se irían hasta el próximo año, dejándonos un gran vacío, como el que deja un circo cuando se marcha de una ciudad. Recuerdo la profunda tristeza que sentía al día siguiente al visitar los cuartos, ahora vacíos, en donde todavía flotaba la fragancia del perfume y del desodorante, y la cocina, cálida, en donde aún perduraba el olor a la sopa y el pan. Podía también ver a los congresistas, alegres y dicharacheros, compartiendo un alfajor bajo la pródiga sombra de la parra que se desplomaba cargada de uvas sobre el patio, o embarcados en un parsimonioso paseo hacia la ciudad. Durante tres días habíamos pasado del anonimato al protagonismo, habíamos sido alguien en la ciudad aquella que por lo general nos ignoraba. Habíamos disfrutado el ser incluidos, escuchados, y hasta a veces casi admirados. Nos sabíamos parte de una causa superior y sublime, el ejército de Jesús, combatiendo contra el mal y el pecado, anunciándoles a la gente la posibilidad de una vida mejor y la salvación eterna.

No es coincidencia entonces que fue por ese tiempo que me inventé a *Antifaz Negro*, mi otro yo, mi mejor yo, el idealista, el soñador, el revolucionario, el audaz, el honesto, en otras palabras, el niño que fui. Y ahora, ya grande, entiendo que todos los niños, por ser tales, son *Antifaz Negro*.

SONIA

No te acerques más. Quitate las sandalias
porque estás pisando Tierra Santa.
Éxodo 3:5

Mi iglesia organizaba todos los años un congreso de jóvenes al que asistían personas de distintas partes del país. Era un tiempo de renovación espiritual pero también una oportunidad para conocer a alguien que nos abriera las puertas al territorio inexplorado del amor y la sensualidad. Uno de esos años, entre todas las personas que concurrieron al evento, vino también Sonia, una joven de cabellos dorados, ojos verdes y nariz respingada. Vivía en Buenos Aires, la Capital, y eso la hacía diferente a las demás chicas de mi ciudad. Hablaba con un leve acento extranjero que la hacía irresistible. La llamábamos la "rusita" y nos volvía locos a todos, pero nadie creía poder tener una chance pues ella habitaba un mundo inaccesible y etéreo. Nunca va a posar sus ojos sobre ninguno de nosotros, pensábamos, pueblerinos atrasados que se ríen por cualquier pavada. Su mera presencia nos hacía sentir como diminutos pigmeos, dispuestos a adorarla, a servirla en cualquiera de sus caprichos. Pero como las diosas y los dioses necesitan de los seres humanos, pues sin ellos no podrían existir, Sonia, el ángel capitalino, la rubia de los ojos claros, nos necesitaba a nosotros también. Por eso el primer día del congreso comenzó a buscar novio y como bien dice el evangelio, "buscad y hallaréis," ella encontró a David, el hijo menor del pastor, un rubiecito de ojos traviesos, mezcla de italiano y de holandés.

David vivía en la iglesia con sus padres así que cuando los congresistas comenzaron a llegar en autobuses y automóviles él estaba ahí para recibirlos, examinando a todos detenidamente, sobre todo a las chicas. Una de ellas le llamó poderosamente la atención. Era Sonia. Inmediatamente se acercó a saludarla.

—Hola, —le dijo, soy David, el hijo del pastor. ¿Cómo te llamás?

—Sonia, le respondió, y es la primera vez que vengo a los congresos. ¿Vos no me llevarías a dar una vuelta por la ciudad? Me dijeron que es hermosa.

—Por supuesto, —contestó David, dejá tus cosas y vamos.

De ahí en más no se separaron durante los tres días que duró el congreso. Estuvieron siempre juntos, pegados como estampillas, sonriendo estúpidamente, enamorados como dos escolares.

Cuando los vi aparecer tomados del brazo me carcomieron los celos. ¿Por qué él y no yo? ¿Qué tiene él que yo no? ¿Será porque es el hijo del pastor y yo el del zapatero, porque es rubio, como ella, y yo de pelo castaño tirando a oscuro? ¿Por qué? Las preguntas se amontonaban en mi mente sin encontrar una respuesta, y una gran desilusión me inundó porque mientras David se la pasó con Sonia visitando las calles más oscuras del pueblo y descifrando el misterio del beso y del cuerpo de una mujer, yo me la pasé componiendo un himno para la competencia que había organizado la iglesia para esa ocasión, y que ni siquiera figuró entre los tres primeros. (*¿Te acordás Antifaz? ¡Qué decepción!*)

Solo David logró conquistar a la diosa, solo él pisó la tierra Santa, solo él contempló la zarza ardiente que no se consumía. Y por estar en contacto con la divinidad su semblante, al igual que el de Moisés, cambió. Se le llenó la boca de risa y sus ojos adquirieron un brillo inusitado, como quien descubre un tesoro maravilloso o contempla un milagro prodigioso. Porque fue así. David nunca se hubiera imaginado que de entre todos los demás, Sonia lo iba a elegir a él y esto lo hizo sentir especial. Por eso, cuando ella regresó a la capital, una tristeza infinita le asaltó y lloró desconsoladamente porque se dio cuenta que no la volvería a ver nunca más.

Sin embargo, para ella fue diferente. David fue solo un pasatiempo de fin de semana, una distracción, la excusa perfecta para darle un poco de variedad a una vida de rígida disciplina impuesta por sus padres. Y de la misma manera en que había llegado, abruptamente, Sonia se marchó. No se supo nada más de ella hasta muchos años después cuando volvió a resurgir, esta vez en una foto en donde se la ve junto a su marido, toda una dama, con la confianza que da el bien pasar, enigmática aún, pero con un dejo de resignación en sus ojos. Su marido, el típico europeo nórdico, con una calvicie incipiente a pesar de su edad, la está tomando tímidamente de la mano. Sonia se esfuerza por esbozar una sonrisa que pareciera preparada de antemano para la ocasión. Evidentemente no la están pasando bien. Entre aquella adolescente vital y apasionada que nos dejara a todos sin respiración y esta mujer sobria y madura existe una diferencia abismal, la diferencia que hace el haber tenido que acomodarse a una vida de conveniencia. Sin hijos, y con un marido acaudalado, no tenía mucho más que esperar, excepto continuar bebiendo cocktails en restaurantes de lujo y sonreír forzadamente para el fotógrafo de turno.

¿Por qué estás narrando este evento, Antifaz? ¿Será porque vos hubieras querido ser David? Seguro que sí. En aquel momento yo hubiera cambiado la música por aquella musa inspiradora, la guitarra por su cuerpo, el regreso solitario a la casa de mis padres, cuando ya la ciudad dormía, por un paseo bajo la luz de la luna acompañado por la diosa. Hubiera preferido la fragancia de su piel al olor penetrante del incienso, sus besos al ósculo santo o al vino de la eucaristía. Todo lo hubiera cambiado por estar con ella. Pero David se nos adelantó, nos ganó de mano, se atrevió a transgredir las normas, se lanzó al vacío sin red y aterrizó sano y salvo hasta que la realidad lo abofeteó en la cara y tuvo que aceptar que no la volvería a ver nunca más. Pero mientras duró el romance se sintió flotar en un colchón de nubes espumosas, más cerca de los ángeles que de nosotros, meros mortales.

Muchos años después, mientras le hacía el amor a su mujer, David pronunció sin darse cuenta el nombre de Sonia y, como llamada por un mágico conjuro, desde un oscuro y recóndito lugar de su ser regresó la "rusita" de los cabellos de oro. Y por unos instantes al menos el cuarto se transformó en un pedazo de cielo.

LOS MISIONEROS

Vayan por todo el mundo y
anuncien el evangelio a toda criatura.
Evangelio según San Marcos 16:15

Los primeros misioneros llegaron de Estados Unidos a principios del siglo XX. Todos blancos y rubios y bien alimentados, se establecieron en los mejores barrios de las grandes ciudades, sobre todo Buenos Aires, desde donde incursionaban periódicamente hacia las zonas aledañas para realizar su trabajo de proselitismo. Presuponían, equivocadamente, que los católicos no eran cristianos y que, por lo tanto, debían ser convertidos al protestantismo *(Acordate Antifaz que esa fue la experiencia de tu padre)*. Munidos de Biblias protestantes, a las que consideraban con más autoridad que la católica, ya que esta última contenía los llamados libros apócrifos, iban de casa en casa tratando de persuadir a la gente. Este programa de evangelización ocultaba detrás de sí otra razón, que era la de servir como penetración ideológica y cultural. De esto los misioneros no eran conscientes. Pensaban que estaban sirviendo a Dios, pero en realidad, al igual que aquel famoso navegante Genovés que se lanzó al océano llevado por

una convicción bíblica comenzando así la sumisión de las Améri-
cas al trono de España, lo estaban haciendo al gran país del norte.
Y lo triste es que no se daban cuenta.

Esgrimiendo una soberbia cultural descomunal escondi-
da detrás de un pietismo acérrimo, trataban a todos como a niños
ignorantes que debían ser educados, no solo en religión sino también en cultura en general. Por eso muy pocos misioneros adop-
taron nuestras costumbres. ¿Por qué hacerlo si las consideraban
inferiores? Al contrario, nos impusieron las suyas: el té en lugar
del mate, la Coca Cola en lugar del vino—que papá tenía que
esconder cuando alguno de ellos venía a visitarnos—la música
yanqui en lugar del folclore, el órgano en lugar de la guitarra (*¿Te
acordás, Antifaz, cuando una de las misioneras te amenazó con
cortarle las cuerdas a tu guitarra si volvías a traerla a la iglesia?*),
el día de la madre en mayo en lugar de octubre, para mencionar
algunas. Viniendo de un contexto súper-conservador nos prohi-
bían fumar, bailar, beber alcohol, ir al cine o jugar a los naipes—
cosas que todos mis amigos hacían—por ser estos indicios de que
no se era "creyente" y se pertenecía al "mundo". Esta división entre
creyentes y no-creyentes, en un país mayoritariamente católico,
demostraba su miopía religiosa y cultural pero además justificaba
su misión. Así fue como nos marginaron de nuestras amistades y
de nuestras familias, quienes nunca llegaron a entender nuestro
estilo de vida.

Pero su influencia más negativa no fue cultural sino otra.
Como se sabe, el cristianismo desvalorizó siempre los placeres
del cuerpo por considerarlos el producto de una naturaleza pe-

caminosa que se había originado con Adán y Eva cuando transgredieron el mandato divino de abstenerse de comer del fruto prohibido. Todo lo que tenía que ver con el cuerpo era negativo, especialmente el sexo, que quedaba relegado al matrimonio, en donde era permitido, aunque altamente regulado. Pero mientras mis amigos católico-romanos tenían la posibilidad de liberarse de la culpa a través de la confesión, nosotros los evangélicos no, pues era muy diferente recibir el perdón audible de un sacerdote, que servía de intermediario visible entre Dios y el ser humano, que recibirlo de Dios, a quien no podíamos ver ni escuchar. Así que mientras mis amigos volvían a sus andanzas hasta la próxima visita al confesionario, nosotros teníamos que vivir con la presencia permanente y no mediada de un Dios asexual y represor.

El baile era otro pecado que figuraba en su larga lista de prohibiciones, y no porque fuera malo en sí mismo sino porque incitaba a los deseos sexuales. Obviamente, para los misioneros el pecado se alojaba entre las piernas. La negación del cuerpo era tal que en los campamentos de jóvenes les obligaban a las mujeres a usar una remera sobre sus mallas de baño, lo cual producía el efecto contrario, pues se sabe bien que la tela mojada pone aún más en relieve las formas femeninas y nosotros, los varones, aprobábamos esta práctica con una sonrisa babosa. (¿Te acordás Antifaz cuando tenías 15 años y todas tus hormonas estaban en ebullición pidiéndote que las saciaras, y cómo te coartaron ese derecho prohibiéndote el placer, y el ritmo de tu sangre joven que te suplicaba que la dejaras fluir en el abrazo tierno y sensual de un bolero, o en la pasión de un tango, o en el desenfreno del rock? Te hi-

cieron arrojar un pedazo de leña en una hoguera para simbolizar tu vida que se entregaba total e incondicionalmente a Dios. Lloraste, pensabas qué de alegría, pero realmente era de pena, porque tuviste que claudicar tus sentidos, tus deseos, al deseo de un Dios que nunca sabría lo que siente un ser humano porque no lo es. Lo único que logró fue enemistarte con lo único real y verdadero, tu cuerpo. Pero para entonces ya era demasiado tarde. Había pasado el momento irrecuperable de tu juventud).

La tarea principal de los misioneros era la de fundar iglesias. Una de las primeras fue en mi ciudad, a donde retornaban a menudo para predicar, enseñar y cantar. Porque eso si, cantar cantaban bien, siempre música yanqui, por supuesto, nunca la nuestra. Cuando venían era como la visita de los padres a la antigua casa de familia, una especie de mini-congreso, un recuerdo feliz de esa ocasión anual que todos queríamos perpetuar porque nos hacía sentir importantes en una cultura que nos ignoraba o despreciaba. Entonces nos poníamos nuestra ropa de domingo y concurríamos a las reuniones puntualmente y con gran expectativa. Recuerdo estar parado en la puerta de la iglesia hablando con alguno de ellos y mirar con una mezcla de orgullo y de despecho al transeúnte ocasional que para pasar se veía obligado a gambetear la ocupada vereda.

Los hijos de los misioneros eran todos hermosos, sobre todo las hijas, que no eran como las "negritas" del pueblo. No, ellas eran rubias, blancas, divinas, vivían siendo admiradas y deseadas por todos, pero casi siempre inalcanzables, pues sus padres, llevados por esa supuesta superioridad cultural de la que hablaba anteriormente, no les permitían tener novios argentinos, solo norteamericanos. Y las pocas veces que lo hacían tenían que ser profesionales, educados. Recuerdo que uno de mis hermanos se enamoró de una de ellas, pero cuando su madre se opuso la relación terminó abruptamente. Al tiempo la muchacha se casó con un prestigioso médico. Mi hermano, hijo de zapatero y sin mucha educación, nunca tuvo una chance. Pero los que la tuvieron fue solamente por ser considerados lo mejorcito que nuestra cultura podía producir y muy afortunados, por cierto, de poder entrar a formar parte de una familia de misioneros, con todos los privilegios que eso suponía. Los nuevos integrantes, cual *souvenirs* adquiridos en alguna exótica tierra de vientres fecundos y espermas exitosos, eran exhibidos con orgullo en sus reuniones sociales ante una audiencia fascinada al ver lo que Dios había hecho en la vida de estas personas que ahora si podían tener acceso a una existencia plena. (*Claro, siempre hubo excepciones, como vos bien lo sabés Antifaz...*)

Pero hay que decirlo, no todos eran así, había misioneros y misioneros. Había uno, por ejemplo, a quien todos queríamos debido a su sonrisa permanente y su seductor acento extranjero. Organizaba campamentos para los niños de la iglesia que de otra manera no hubieran podido tener vacaciones y su actitud era siempre muy positiva hacia todo y todos. Respetaba a las personas y estas lo respetaban a él. Pero había otro, que venía a visitarnos en su auto importado, comiendo chicle y luciendo sombrero y botas tejanas, que poseía un aire de superioridad que nos hacía vomitar. Ese nunca se ganó el respeto de nadie. Al contrario, lo aceptábamos o, mejor dicho, lo aguantábamos porque se nos había dicho que era un "hombre de Dios" (*Sí, Antifaz, siempre hombres; las misioneras casi no contaban*). Me acuerdo de su apellido, Small, que significa "pequeño." Y él que se creía tan grande. ¡Qué irónico!

Después de muchos años los misioneros fueron cediendo el control de la iglesia a pastores nacionales que continuaron la tarea que acabo de referir. Poco a poco la soberbia cultural se fue abatiendo, perdurando solamente en las prácticas eclesiales que mantuvieron su forma y contenido foráneos. El antagonismo con los católicos continuó, pero más atenuado. Ya no los considerábamos candidatos al infierno, pero almas confundidas a quienes había que instruir a la mejor usanza misionera. ¡De tal palo, tal astilla! Cuando el último misionero abandonó el país dejó una iglesia independiente físicamente pero no emocionalmente, buscado una identidad que hasta el día de hoy no ha hallado.

RAQUELITA

Raquel subió las escaleras de la gran casa que era la sede del Instituto Bíblico, en aquel barrio elegante de Buenos Aires. Había llegado esa mañana desde el pueblo en donde vivía, a unos 250 kilómetros de la capital. En la estación de trenes tomó un taxi, su metro y cinco centímetros de estatura le hacía muy difícil subirse a los colectivos. Durante el trayecto contempló con curiosidad la ciudad y su vertiginoso paso. ¡Cuánta gente! pensó, y todos más altos que yo. Ella era lo que en aquel tiempo llamaban una enana. Hoy en día, para combatir el estigma social, se lo ha cambiado a "gente pequeña". Su realidad fue siempre diferente a la de las otras personas. Desde niña supo que nunca sería como las otras nenas, una porque lo intuía, otra porque se lo dejaban saber cada vez que alguien tenía la oportunidad de hacerlo. —No vas a tener novio, no te vas a casar, nunca serás mamá. —Le decían. Y así fue.

Pero Raquel no era de amedrentarse. No. Ella era feliz a pesar de todo. Nunca se sintió inferior. Sería pequeña de estatura pero su mente era descomunal. Ávida lectora, música excepcional, maestra consumada, esos eran algunos de sus atributos. En la iglesia en la que se crio, los niños y las niñas la adoraban porque podía mirarlos a los ojos sin tener que agacharse, y jugaba con ellos como si fuera otra niña.

Raquelita amaba a Dios. Había tenido una profunda experiencia espiritual cuando tenía diez años que le había cambiado la vida. Desde entonces sintió que Dios quería algo de ella, algo más que casarse o ser mamá, lo cual sabía que sería imposible porque era infértil. De manera que desde muy temprana edad supo que eso no era para ella. Pero descubrió que se puede ser madre sin tener descendencia propia, y eso la llenó de alegría. Así fue acumulando a través de los años hijos e hijas espirituales, quienes la siguieron considerando su consejera incluso cuando sus estaturas y sus años llegaron a sobrepasar los de Raquel. Y ahora estaba allí, frente a la puerta del director del Instituto, el Sr. Jones. Respiró hondo y golpeó.

—Permiso…

—Si, adelante. ¿Quién es usted?

—Me llamo Raquel, Raquel Mazzetti, pero todos me dicen "Raquelita".

—Mucho gusto Raquelita, siéntese. ¿En qué puedo servirla?

—Señor Jones, soy miembro de la iglesia de Puán y he venido porque últimamente he sentido que Dios me está hablando.

—¡Qué bien! Debemos escuchar cuando Dios nos habla. Pero, ¿qué te ha dicho el Señor?, puedo tutearte ¿no?

—Sí, por supuesto. El Señor me está llamando al ministerio.

—¡Maravilloso! ¿Y a qué tipo de ministerio te está llamando el Señor? ¿tocar el órgano en la iglesia? ¿ser maestra de escuela dominical? ¿trabajar con los ancianos y las mujeres? ¿visitar a los enfermos?

—No, me está llamando a predicar la palabra. Yo quiero ser pastora, predicadora.

Detrás del escritorio el señor Jones se revolvió inquieto en su sillón de cuero.

—Pero… eso es imposible. Sabés bien que nuestra iglesia no acepta a las mujeres en el rol pastoral porque eso está expresamente prohibido en las escrituras. Además, hay otro problema, tu condición física.

—Sí, es cierto, la Biblia pareciera prohibir el ministerio de la mujer. Hay algunos pasajes que son muy claros, pero otros no. No sé, es muy confuso, pero en lo que no hay confusión es en lo que estoy sintiendo, quiero decir, la voz de Dios, bien adentro mío, bien clara. Ahí no tengo dudas. Por eso vine a verlo, porque como decía el profeta Jeremías, este llamado es como un fuego que me quema y me quema y me va a consumir si no le hecho un poco de agua. Esa agua esta acá, en este Instituto. La necesito…Y sobre mi condición física no veo cual es el problema. ¿Acaso no fue Pablo quien dijo que él tenía un aguijón en la carne, posiblemente una condición física o una enfermedad, que le ayudó a no engreírse y a no gloriarse en sus triunfos, y que a pesar de haberle pedido al Señor que se lo quitara, y no solamente una; tres veces, ¿se imagina?, ¡tres veces!, el Señor no se lo concedió, sino que le dijo: *"Bástate mi gracia"*? Bueno, mi estatura es mi aguijón en la carne. De chiquita, cuando me di cuenta que era diferente, que no crecía, yo también le rogué a Dios: "Señor, hazme crecer, quiero ser como todas las demás niñas, por favor…" Y se lo pedí más de tres veces…Pero mi oración no fue respondida. Fue muy difícil aceptarlo, al final lo hice y entendí que esa era la voluntad de Dios. De ahí en más he vivido cada día dependiendo de la gracia de Dios, como Pablo.

El señor Jones sintió súbitamente una mezcla de admiración y temor por aquella valiente mujer que casi desaparecía en la gran silla de pana en la que estaba sentada, con sus pies sin llegar a tocar el piso.

—Veo que tu experiencia con Dios es profunda. No se puede negar que el Señor te ha guiado hasta aquí y no quisiera ser yo el que se oponga a su voluntad. Te diré lo que haré. Voy a recomendar a la junta directiva que te acepten provisionalmente hasta que demuestres tus capacidades intelectuales y espirituales, y siempre y cuando desistas de tu idea de ser pastora. Puedes ser otras cosas, pero pastora no. Dios te mostrará su voluntad nuevamente, estoy seguro.

—Está bien señor Jones. Gracias. Yo también estoy segura que el Señor nos mostrará su voluntad, a usted y a mí…

Si el señor Jones se hubiera fijado con atención hubiera visto en los ojos de Raquelita un brillo de picardía que denotaba su espíritu aguerrido y su determinación. Pero estaba demasiado sorprendido. Nunca antes alguien le había refutado un argumento bíblico de la manera en que esta mujer lo hizo, ni siquiera los alumnos varones. Se levantó de la silla y la condujo hacia la puerta. Se estrecharon las manos antes de salir. En un mes Raquelita era ya alumna oficial del Instituto. En tres años culminó sus estudios teológicos y la asignaron a una parroquia en el interior del país. Fue el comienzo de una larga carrera como pastora, aunque su iglesia nunca le concedió el título. Sin embargo, la gente sí. Como Diana, la princesa de la gente común de Inglaterra, Raquelita se constituyó en pastora por aclamación, no por nominación. Ningún otro pastor fue amado tanto como ella.

La conocí cuando tenía unos ocho años y mi primera reacción fue de temor—yo nunca había visto una enana. (*Gente pequeña, Antifaz, acordáte*). Pero pronto este se transformó en admiración. Me encantaba verla tocar el acordeón sentada en una pequeña silla. Sus deditos se movían ágilmente sobre el teclado como hormigas saltarinas mientras la mano izquierda estiraba el fuelle doblándolo acompasadamente de arriba hacia abajo. Me quedaba hipnotizado por la música y siempre le pedía una melodía más. Muchos años después, en un concierto que di con uno de mis hijos, fue ella la que me miraba con ojos de admiración quien al finalizar me dijo: —¿Cómo? ¿ya está? ¿No hay más? Dale, tocate otra. Para complacerla así lo hice. Cuando el concierto concluyó, mi hijo preguntó: —¿Quién es ella?, Entonces, le conté la historia.

Me enteré hace poco que Raquelita, ya anciana, decidió irse de vacaciones a ese lugar del que no se regresa. Me imagino cual habrá sido su sorpresa al encontrarse con el Buen Pastor y darse cuenta que los dos eran de la misma estatura.

CARLITOS

Maestro, traje a ti mi hijo porque tiene un espíritu mudo...
Les dije a tus discípulos que lo echaran fuera pero no pudieron.
Evangelio según San Marcos 9:17

Se lo veía venir chanfleado en su bicicleta negra y sucia, con una sonrisa pícara y a la vez de niño avergonzado en la cara. Parecía una aparición, un personaje de una novela de Stephen King, con su predictibilidad absoluta y su depresión galopante ganándole el día. Eructaba cada treinta segundos, un tic que obviamente reflejaba graves problemas psicológicos. Había llegado a nuestra iglesia y se había "convertido", como solíamos decir, seducido por un agresivo proselitismo que en la tradición evangélica se realiza a través de reuniones públicas, llamadas "campañas de evangelización," una expresión tomada en préstamo del inglés *evangelistic campaigns*.

Sus ojitos de ratoncito asustado se llenaron de lágrimas aquel día que el pastor le invitó a pasar al frente a aceptar a Jesucristo como su "único y suficiente salvador." Y el sí que necesitaba uno, un salvador quiero decir, perdido como estaba en una existencia que rayaba en la esquizofrenia. Es que desde niño le habían dicho que no servía para nada, que había sido un error de la biología, que no tendría que haber nacido ya que su madre estaba muy entrada en años. Y si bien el no entendía muy bien qué era eso de salvador "suficiente", al menos le era suficiente sentirse liberado, por un tiempo, de aquella culpa porfiada que se le había instalado en el alma después de que intentara tocar a su hermana menor de manera indecente y recibiera como respuesta una soberbia cachetada que lo dejara aturdido y avergonzado. Si, Carlitos traía un bagaje bastante complicado, una situación familiar que lo había marcado de por vida, marcado mal, marcado para una muerte prematura.

La nueva comunidad, la nueva identidad, le cayó bien. Se calmó, dejo de eructar tan a menudo y encontró un propósito para su vida. Se unió al grupo de jóvenes y por un tiempo su comportamiento fue coherente, casi normal. Podía mantener una conversación, jugar a los típicos juegos de las reuniones sociales, donde se forman, o por lo menos se inventan, posibles parejas de novios. Inclusive comenzó a soñar con una de las chicas, Ruth, una chilena de firmes pechos que tenía fama de ser una solterona empedernida. —Qué desperdicio de mujer, —le oí decir un día por lo bajo. Y al darse cuenta que lo había escuchado, empezó a eructar (hacía ya tiempo que no lo hacía) y a decir cosas incoherentes. Y de nuevo le ganó la culpa, esta vez por haber deseado sexualmente a una hermana espiritual, y montando en su desvencijada bicicleta se alejó precipitadamente del lugar.

Fue por ese entonces que me di cuenta de la gran culpa

con que vivía su sexualidad. Un día llegó a confesarme que para no tener eyaculaciones nocturnas se ataba un hilo alrededor del prepucio. Obviamente estaba interpretando mal aquel pasaje bíblico que condena el derrame de semen que no sea con fines de procrear. Pero a la vez era un castigo que se propinaba a sí mismo por aquel incidente con su hermana menor. Me pareció algo mórbido, enfermizo, y lo era, porque Carlitos estaba enfermo, era un caso para psiquiatra, o manicomio, pero al no tener los medios económicos necesarios, se servía del grupo de jóvenes de la iglesia para sanar su mente enferma. Desgraciadamente la cosa no funcionó. Carlitos fue empeorando, se transformó de a poco en la sombra de aquel muchacho que había llegado a la iglesia, diestro jugador de fútbol y hasta un tanto pintón, sobre todo si se ponía una camisa limpia y se peinaba un poco, y se daba un baño para sacarse de encima aquel aroma que le seguía cual perro fiel, porque Carlitos trabajaba en una herrería y siempre sabíamos si estaba en algún lugar por el fuerte olor a hierro forjado y a carbón que le precedía. Primero se lo olía, después se escuchaban sus eructos, finalmente se lo veía, un triste reflejo del niño aquel que supo ser y del joven que nunca fue.

Una forma en que Carlitos se sentía parte del grupo era aportando dinero. De esta manera se creía importante, necesitado, protagonista, y así disipaba un tanto la culpa que lo había arrastrado, a los veintidós años, a una demencia prematura. Todavía recuerdo con cuánto orgullo nos ofreció, entre eructo y eructo, dinero para comprar instrumentos de música para un grupo que se había formado en la iglesia, instrumentos que él nunca llegaría a ejecutar porque Carlitos y la música nunca se entendieron. No podía entonar ni siquiera las melodías más simples. Carlitos era un hombre sin música, un tipo triste que arrastraba su humanidad buscando un mendrugo de amor y comprensión en aquel grupo de jóvenes sanos y saludables.

Carlitos se fue esfumando de nuestro grupo de a poco. Su hermano finalmente admitió que estaba recibiendo tratamiento psiquiátrico, tomando pastillas para controlar su locura avanzada. Y ya no lo vimos más. Dejó un vacío grande en el grupo, pero a la vez todos nos sentimos aliviados cuando se fue. Su presencia en nuestro medio nos había hecho sentir culpables pues a través de fervientes oraciones por su sanidad, acompañadas a veces por un intento fútil de exorcizar algún que otro demonio, habíamos utilizado su condición de pajarito herido para poner en práctica nuestras teorías evangélicas sobre la salvación.

Y un día, ya cansado de acarrear por la vida su conflictuada humanidad, se montó a la bicicleta por última vez y enfiló hacia el arroyo que atravesaba la ciudad. Carlitos era un excelente nadador. Yo lo había visto nadar con suma destreza en más de una ocasión. Pero ese día se olvidó de cómo hacerlo y se zambulló en las aguas mansas haciendo un esfuerzo sobrehumano para contrarrestar la tendencia natural de sobrevivencia que para entonces ya se encontraba en retirada. Lo último que vio, cuando las aguas abrazaron maternalmente su cuerpo de niño cansado, fueron un par de manos horadadas que lo transportaban tiernamente a un mundo sin culpa y sin eructos.

LITO

*"Estaba tratando de ver quién era Jesús,
pero la multitud se lo impedía, pues
era de baja estatura."*
Evangelio según San Lucas 19:3

Lito Brizuela. Así se llamaba. Era bajito, con dientes torcidos y una incipiente calvicie a los veintiocho años. Vivía con su madre y había llegado a la iglesia invitado por uno de los feligreses. Nunca supe bien cómo nos hicimos amigos, pero luego de un cierto tiempo comenzamos a compartir vivencias. Se unió al grupo de jóvenes que íbamos siempre al balneario, una suerte de pileta de natación enorme alimentada por el arroyo que cruzaba el pueblo. Nos jactábamos de que era la segunda "pileta natural" más grande del mundo. —La primera está en Rusia, — decíamos. Nos daba un cierto aire de importancia mencionar ese país. De esta manera, comparándola con un lugar remoto y exótico, nos creíamos parte de una realidad asombrosa registrada en algún libro de estadísticas, aunque nunca hubiéramos visto tal libro.

Lito se había unido al grupo como el hermano mayor. No era muy sofisticado. Tenía la sabiduría de la gente común, valores tradicionales e imaginación limitada. Su sonrisa, sin embargo, era sincera. Cada vez que se reía se le asomaba por el labio inferior un diente mal formado que nunca encontrara el camino correcto dentro de la boca. Para mi era una compañía y una obligación. Me sentía responsable por aquel hombre chiquito que nunca se casó y que había encontrado en esta iglesia protestante la familia que nunca tuvo. No se le conocía padre. Se corría el rumor que lo había abandonado cuando era chico y ahora él era el único sostén de la familia. Otra versión decía que su madre había enviudado varios años atrás y nunca se volvió a casar por eso del buen nombre o simplemente por el resquemor a la intimidad matrimonial. Muchas mujeres en mi pueblo se privaban de aquellas cosas que son naturales en la existencia humana, como el sexo, por ejemplo, por haber tenido experiencias muy negativas o por ir demasiado a misa, en donde casi siempre recibían de parte de los clérigos una versión distorsionada de la sexualidad.

Lito jugaba muy bien al fútbol, sin embargo, nunca llegó a destacarse lo suficiente como para hacer de sus habilidades naturales una carrera profesional. Llegó a jugar en uno de los cuadros del pueblo, pero su actuación fue más bien opaca. Siempre había otros que eran mejores que él. Aunque cuando jugaba con los chicos del barrio brillaba como una estrella. Era impasable cuando defendía e imparable cuando, luego de esquivar a cuatro o cinco defensores, acribillaba con un soberbio taponazo a la pobre víctima que ese día tuviera la mala suerte de jugar de arquero. Su diente torcido se le asomaba profusamente entre los labios en una sonrisa de triunfo. Y al regresar al medio campo, después del gol, parecía como que había subido de estatura. "Grande Lito", le decíamos. Y Lito se agrandaba, literalmente. Se olvidaba ahí de su padre, de las lágrimas de su madre cuando se encontró sola y desamparada con un hijo que criar y sin trabajo, lo cual la obligó a emplearse como lavandera; se olvidó de la chica aquella que lo hiciera sentir tan mal porque no sabía cómo besarla sin llenarle la cara de saliva, una consecuencia de su atropellamiento debido a la falta de práctica pero también a una boca mal formada y unos dientes que se negaban a colaborar; se olvidaba de todo eso, y de muchas otras cosas más que nunca me confesó, y con un aire de hermano mayor nos decía: "Vamos, vamos que ya los tenemos."

Un buen día Lito me encontró en el baño de la iglesia y con una sonrisa leve y ojos húmedos me dijo: —Quiero bautizarme. En la iglesia evangélica el bautismo era por inmersión. El candidato era sumergido totalmente en una pileta que generalmente se encontraba en el interior del templo. Me acuerdo de la primera vez que presencié tal evento. El enorme púlpito, desde donde el pastor predicaba cada domingo, había sido corrido hacia un costado y en la plataforma central se dejaba ver ahora lo que llamábamos el "bautisterio", una enorme fosa acuosa lista para tragarse al catecúmeno tembloroso. Mientras la congregación entonaba himnos adecuados a la ocasión, el pastor se metía en la pileta, totalmente vestido, y una vez allí invitaba al primer candidato a bajar a las aguas bautismales. Recuerdo sentirme incómodo cuando el agua dejaba traslucir la ropa interior de las mujeres que se bautizaban. Pero este sentimiento era pronto reemplazado por una gran emoción al ver al candidato emerger de las tibias aguas, transformado en una nueva persona, mientras la congregación cantaba:

> *Soy salvado del abismo*
> *con Jesús al cielo voy*
> *y confieso por bautismo*
> *que del mundo ya no soy.*

Lito necesitaba una nueva identidad porque la suya no le había servido de mucho en la vida. Necesitaba saber que era una nueva persona. Necesitaba una familia, hermanos, hermanas, padres. Por eso, más quizás que por una convicción profunda de lavar sus pecados en las aguas purificadoras, decidió bautizarse. —Hagámoslo juntos, —me dijo, —bauticémonos el mismo día. Detrás de su petición sentí que me estaba diciendo, —no me dejes solo en estas aguas primordiales. No sé si quiero nacer de nuevo (esa era la manera que interpretábamos el bautismo: nacer de nuevo). Mi primer nacimiento no fue muy venturoso. —Mirame. ¿Qué va a suceder una vez que salga del agua? ¿Qué va a pasar cuando me mande alguna macana, cuando haga algo malo? ¿Me abandonará el Padre Celestial como lo hizo el terrenal?

—No,—le dije—tu Padre Celestial no te va a abandonar. Él no abandona a sus hijos, no importa lo que hagan. La profundidad teológica de esta afirmación le esquivó totalmente la razón, a juzgar por la mirada que me dio, pero yo seguí adelante con mi exposición, tratando de imitar los gestos y la voz de don Jorge, el pastor: —Esta vez tu vida tendrá un nuevo sentido. Todo cambiará, todo será mejor y finalmente serás feliz.

Me lo habían enseñado en la iglesia y yo lo creía hasta tal punto que estaba convencido de que esa noche un poco del cielo iba a bajar a la tierra y nos iba a inundar con una nueva fuerza. Pero Lito pareció no percibir la medida de mis palabras y cuando le dije que sí, que me iba a bautizar con él, me abrazó emocionado y me dijo por lo bajo: —gracias hermano.

Al salir del bautisterio, con la ropa mojada y pegada al cuerpo, Lito y yo nos abrazamos con lágrimas en los ojos. Éramos ahora hermanos en la fe, como solíamos decir, inseparables de ahí en más. Pero la vida nos separó. Al poco tiempo yo me mudé a la Capital y no lo volví a ver nunca más. Alguien me dijo que se había casado y que era feliz. Encontró una mujer a quien su diente torcido no le molestaba. Y tuvieron un hijo que llegó a jugar en la primera división de fútbol de la ciudad.

LA CAMPAÑA DE EVANGELIZACIÓN

Con la Biblia en una mano y el trombón en la otra me enfrenté a la multitud de curiosos que habían venido escuchar al conjunto musical. Era una verdadera marea humana. Gente de todas las edades y condición social se habían congregado en la rambla contigua al mar para disfrutar de las largas noches del verano. Llegaron de todos los rincones del país en busca de la brisa y el agua del mar y por eso se apilaban gustosamente en las angostas playas bajo un conglomerado de carpas y sombrillas que ayudaban a combatir el abrumador sol del verano, entre el olor al bronceador y el aroma del churrasco y los gritos de los niños disfrutando de las actividades playeras: la construcción de castillos de arena, el picadito de fútbol con la pelota de plástico que invariablemente terminaba pegándole a alguna señora mayor que trataba de parecer más joven con una bikini que a gatas si podía contener su desmesurada humanidad, o el señor mayor que, luciendo descaradamente una breve malla de baño italiana debajo de un abdomen que se había resignado a no volver a su forma original, piropeaba melosamente a las jóvenes que lo miraban como si fuera un componente mas de la escenografía playera. Ese era el ambiente superficial y humano al cual nosotros pretendíamos traer un mensaje que hablaba del más allá, del destino del alma, del propósito final de la existencia, todo filtrado a través de nuestra versión del cristianismo.

Cuando los primeros vestigios del atardecer comenzaron a percibirse en el cielo, la gente se dirigió a la rambla, la vereda pública que rodeaba la playa, para ingresar a los numerosos restaurantes y al famoso casino. Lo menos que esperaban era encontrar un grupo musical entonando canciones con ritmo popular y contenido religioso cristiano. Esa combinación no era común en esos años. De a poco la audiencia fue aumentando hasta llegar a los cientos, sin contar a los que escuchaban desde los balcones de los hoteles y casas de la zona. Pancho, el director del conjunto, me había encomendado la tarea de hacer los arreglos musicales para los bronces de la banda, dos trompetas y un trombón que tocaba yo. Era un excelente compositor, pero cantaba siempre fuera de tono, haciendo aullar a los perros del vecindario. Yo lo observaba emitir esos sonidos aberrantes con una mezcla de admiración y lástima. Tenía que tener una gran pasión por lo que hacía para poder seguir cantando de esa manera sin importarle lo que la gente pensara. Pero la música era buena y yo traté de mejorarla con mis arreglos instrumentales.

Luego de ejecutar unas cinco o seis canciones venía el infaltable sermón, el "mensaje" que le decíamos. Por lo general lo daba Pancho, quien siempre hilvanaba en su predicación su vida pasada como drogadicto, de la cual su fe en Jesucristo lo había rescatado. A mí siempre me pareció que usaba esta experiencia para publicitar su música y extender su fama de predicador, pero no era el único que lo hacía en ese tiempo, ni ahora. La religión ha sido siempre un buen negocio para muchas personas. Una visita al Vaticano, o a las lujosas catedrales, iglesias, sinagogas, mezquitas, y templos que pueblan nuestro mundo, es suficiente para corroborar lo que digo.

Una de esas noches me tocó predicar a mí. Bastante nervioso, aunque ya lo había hecho antes, pero nunca en frente de tanta gente, ni en un lugar público, me aboqué con pasión a una arenga religiosa y moral que consistía en un llamado al arrepentimiento, a abandonar una supuesta vida de pecado que los conduciría al infierno y a "aceptar a Jesucristo como salvador personal", expresión esta que por ser una traducción del inglés *personal savior*, idioma que muy pocos hablaban o entendían, no significaba nada. Imagínense lo anticlimático de semejante sermón para los allí reunidos que trataban de disfrutar de sus cremas heladas y sus porciones de pizza. ¿Quién piensa en el cielo o en el infierno en vacaciones? Nadie, solo nosotros, los eternos desubicados sociales debido a nuestras creencias, los que por vaya a saber qué razón nos pensábamos mejores, superiores a los demás seres humanos, privilegiados ante los ojos de Dios. Desde esa altitud moral era fácil mirar a los demás con desdén y lástima, como si fueran náufragos que debían ser rescatados, víctimas de una religión que los había engañado prometiéndoles el cielo si cumplían con todos sus requisitos, pero ocultándoles el verdadero y único camino: Jesucristo.

Precisamente unos días antes de sumarme a esta campaña evangelística, pinté sobre una camiseta blanca, con letras rojas, una frase que decía: *Un solo camino, Jesucristo*. La usé cada vez que tocábamos en la rambla. Al hacerlo me sentía poseedor de la verdad absoluta y esto relativizaba toda otra verdad, pues si uno ya ha llegado a destino, ¿para qué seguir viajando? Y si uno tiene todas las respuestas, ¿para qué seguir preguntando?

Cuando acabé de predicar, hice lo que se conocía como el "llamado"—otra traducción directa del inglés *call*—el momento decisivo de confrontar a las personas con una respuesta visible a la predicación. Esto demostraría el éxito o el fracaso del evangelista. Con gran alivio vi un par de personas acercarse hasta donde estábamos. Recuerdo una de ellas en particular, Ricardo, un hombre ya entrado en años a juzgar por sus canas. Se dirigió directamente hacia donde me encontraba y con lágrimas en los ojos me confesó que le gustaban los hombres, y que esto lo había marginado de su familia y amigos y le había acarreado el juicio de la iglesia, a la que había dejado de asistir. Yo no supe qué contestarle, no tenía en ese tiempo las herramientas necesarias para aliviar su culpa. Yo también creía que la homosexualidad era un pecado, pero estaba convencido de que Jesucristo podía sanarlo. Por eso lo invité a que viniera a la iglesia el próximo domingo. Pero Ricardo, que esa noche tuvo la valentía para salir del anonimato y ponerle nombre y apellido a su culpa, no apareció. Lo último que vi de él fue su pelo cano y su silueta menuda perdiéndose entre la gente.

La campaña finalizó al día siguiente. Desmontamos los equipos electrónicos, nos despedimos de la gente de la iglesia que con tanto cariño nos habían hospedado durante dos semanas, y regresamos a nuestros hogares, satisfechos por la labor cumplida, sintiéndonos un poco más santos, más cerca de Dios. Yo, al fin del verano, volví a Buenos Aires, a terminar mis estudios teológicos y prepararme para ser pastor en una iglesia evangélica, lo cual nunca sucedió porque me fui del país en pos de un sueño que cambió mi vida para siempre.

A Pancho lo volví a ver muchos años después, en un país del norte, en donde me había radicado. Todavía gritaba sus canciones, pero esta vez no tenía una banda, solo un trío musical. Cuando me vio me preguntó por qué me ocultaba detrás de mi incipiente barba. Aunque en ese momento no lo pensara así la barba realmente había remplazado al antifaz. Me la empecé a dejar crecer cuando estaba estudiando en una prestigiosa universidad y fue una forma de adquirir una nueva identidad. Por ese tiempo comencé también a fumar en pipa, lo cual me daba una sensación surreal de no ser yo, puesto que fumar, en mi tradición religiosa, era el indicio claro de no pertenecer al grupo escogido de los "creyentes", sino a lo que llamábamos el "mundo", adoptando un lenguaje bíblico que nadie entendía sino nosotros. Detrás de mi barba, e intoxicado por el delicioso aroma del tabaco, comencé una nueva vida, lejos de las campañas de evangelización y de las verdades absolutas, y fue entonces que me encontré con el Dios que me habían ocultado. Me estaba esperando a la vuelta de una esquina. Se me apareció de pronto. No parecía un Dios, sino más bien un ser humano pobre y necesitado. Se sumó presuroso a mi paso. Pensé que iba a pedirme algo. Pero no, solo quería mi compañía. No me hizo preguntas, ni me juzgó. Solo quería caminar conmigo. Y así lo hizo, hasta el día de hoy.

EL ESPÍRITU

*Todos fueron llenos del Espíritu Santo
y comenzaron a hablar en diferentes lenguas.*
Hechos de los Apóstoles 2:4

Llegó una tarde y se quedó durante unos cuantos meses interrumpiendo mi tranquila existencia. Lo andaba buscando, pero nunca pensé que iba a encontrarlo tan pronto y sobre todo de esa manera. Fue en una pequeña iglesia evangélica del pueblo vecino que estaba, según lo que se comentaba, "ardiendo con el fuego del Espíritu". ¿Qué significaba esto?, pues que se estaban dando allí una serie de eventos sobrenaturales: sanidades, exorcismos, y algo a lo que llamaban "hablar en lenguas". Para el neófito debo explicar esto último. Algunos escritos del Nuevo Testamento se refieren al hablar en lenguas como el "bautismo del Espíritu" y es una prueba irrefutable y visible de que la persona en cuestión está llena del Espíritu, lo cual le da un gran estatus espiritual. De ahí que sea tan codiciado. Pero para que la congregación, y no solamente la persona que lo expresa, se beneficie del supuesto don, debe haber siempre alguien que traduzca, o sea, que interprete.

La mente moderna entiende esta práctica como una manifestación paranormal en donde la persona entra en un trance durante el cual se la escucha hablando en lo que pareciera ser un idioma desconocido pero que en realidad es un balbuceo incoherente y sin sentido. Algunos oportunistas, que nunca faltan, se aventuran a descifrarlo, pero aunque nadie realmente entiende lo que se está diciendo, ni siquiera el que "traduce", igual todos aceptan con cara de santulones la versión del "traductor". Esto es lo que estaba sucediendo en la iglesia que acabo de mencionar.

Juntamente con dos amigos, hijos del pastor de mi iglesia, con quienes formábamos un trío musical, decidí ir a investigar el asunto no sin una gran dosis de escepticismo. Durante uno de los cultos (así le llamábamos a los servicios religiosos para distinguirlos de las misas católicas), y luego de haber entretenido a la feligresía con nuestras inspiradas melodías, sucedió lo inesperado. Un anciano, caminando con extrema dificultad con la ayuda de un bastón, entró en la iglesia y se dirigió hacia el frente de la misma en donde el pastor estaba invitando a la gente a acercarse para recibir la sanidad divina. Por la mitad de la capilla el anciano arrojó el bastón al suelo y comenzó a caminar normalmente y luego a correr como un joven. Fue ahí que entré en el trance que acabo de describir. Con estupor me escuché proferir sonidos ininteligibles. Marta, una muchacha que ya me había echado el ojo, se me acercó inmediatamente y tocándome suavemente la cabeza comenzó a traducir lo que estaba diciendo. Recuerdo que lo hacía con palabras sueltas que no calificaban como idioma. Pero más recuerdo el embriagante aroma del perfume que emanaba de su piel. La congregación, histérica, asentía exclamando "¡Amén, Amén!", y yo, que no entendía nada, me dejé llevar por el éxtasis provocado por el trance, los gritos de la gente y el perfume de Marta.

El Espíritu me torturó durante siete meses al cabo de los cuales volví a ser el que fuera antes. Pero durante todo ese tiempo tuve que aguantar las risas de mis amigos que al verme orar en el medio de la clase de geometría pensaban que estaba chiflado. Sin embargo, algunos miembros de mi iglesia, viendo el renombre que les daba tener en medio a uno lleno del Espíritu, trataron de capitalizarlo para su propio beneficio. Tenían planes bien concretos que eran ni más ni menos destituir al pastor y reemplazarlo por otro que incentivara este tipo de manifestaciones paranormales. Como mucha de la gente del pueblo estaba mostrando un gran interés en esta versión del cristianismo, inclusive entre los católicos, pensaban que esta sería una buena manera de ganar el prestigio religioso y social que siempre se les había negado.

Con esto en mente, Cacho y Rubén, dos de los líderes, me llevaban todos los miércoles a reuniones en casas de familia en donde se juntaba un pequeño grupo de disidentes con la esperanza de que pudiera contagiarlos con el don de lenguas. Sabían que lo había adquirido espontáneamente y como ninguno de ellos lo poseía pensaban que iba a ser capaz de transmitírselo. Para esto me hacían gritar mi nuevo idioma en los oídos de los concurrentes y estos lo repetían hasta el cansancio. Mario, por ejemplo, se desesperaba repitiendo lo que le gritaba y lo único que le salía era ¡COLIFLOR, COLIFLOR! (*¿Te acordás Antifaz? Casi te despanzás de risa, pero no lo hiciste por temor al castigo divino*), mientras los demás proferían estridentes aleluyas. El griterío era tal que un día vino un vecino a quejarse. Avergonzados, le dijimos que estábamos mirando un partido de fútbol, nos habíamos entusiasmado demasiado y le pedimos disculpas. Al marcharse retomamos la actividad, pero esta vez fuimos un poco más cuidadosos.

Marta también asistía a estas reuniones, con aquel perfume que se podía oler desde la esquina. Éramos las dos atracciones principales del grupo: yo el profeta, ella la intérprete. Ninguno podía vivir sin el otro. La relación era simbiótica. Se hubiera podido llegar a pensar que después de un tiempo la calidad de su interpretación iba a mejorar, que iba a sonar como un idioma. Pero no fue así. Al contrario, siguió siendo lo mismo, palabras sueltas, desconectadas, monótonas, predecibles, por eso pensé que las estaba inventando. Yo me había dado cuenta que algunas de las palabras que profería durante el supuesto trance sonaban igual, aunque no sabía lo que significaban. Pero Marta cambiaba siempre la traducción. Fue ahí cuando entré a sospechar. Un día, cuando el grupo se había tomado un descanso para comer, le pedí que me acompañara afuera y ahí la interpelé:

—Decime, ¿vos estás inventando todo esto? ¿Cómo sabés qué significa lo que digo?

—Es el Espíritu quien pone las palabras en mi boca, así como en la tuya, Pedro—me respondió. —¿Vos acaso entendés lo que decís? Tuve que reconocer que no.

—Entonces—prosiguió—no seas blasfemo, no tientes al Espíritu Santo. Sabés qué les sucede a esas personas.

Sí que lo sabía, y muy bien. Es el pecado que según la Biblia no merece perdón: dudar del Espíritu Santo. Pensé entonces que no había sido una buena idea hacerle esa pregunta y por lo tanto ese día decidí retirarme del grupo, lo cual hice paulatinamente. Poco después el grupo se disolvió justo por el tiempo en que yo "perdía" el don. Volví a la iglesia donde el pastor me recibió con los brazos abiertos y su hija también. Fue mi novia por los próximos tres años. Marta, por su parte, regresó a su pueblo. Lo último que supe de ella es que se había casado con un pastor carismático que también hablaba en lenguas y que ella, por supuesto, era la intérprete oficial. Creo que tuvieron un hijo que nació con algunas deficiencias mentales.

¿Y yo? Bueno, mis compañeros del colegio ya no se rieron más de mí porque en la clase de geometría, en lugar de rezar, me dediqué a entender el teorema de Pitágoras y saqué las mejores notas de todos. Al fin del año, un profesor que nos daba lecciones de sexualidad durante los recreos, y que tenía una amante con la que se paseaba descaradamente por el centro de la ciudad a sabiendas de su mujer, me dijo que yo tenía habilidad para las matemáticas y fue ahí que comenzó mi carrera académica la cual ha continuado hasta el día de hoy.

Del Espíritu no volví a tener noticias. Pasó a ser—en mi iglesia al menos—lo que había sido antes, un componente más del dogma, la tercera persona de la Trinidad, la fuerza inspiradora detrás de todo y todos, pero sin recibir mucho crédito por ello. Por lo menos con el don de lenguas tenía voz. Ahora estaba mudo. De protagonista del show pasó a ser el telonero, el que sube y baja el telón. Sin embargo, me han dicho que a pesar de que en mi iglesia es persona *non grata,* en otras todavía lo invitan y cuando esto sucede viene y las inflama con su fuego, como buen piro maníaco que es.

CRUCIFIXIÓN

Le quitaron la ropa...y le escupían.
Después de burlarse de él...
se lo llevaron para crucificarlo.
Evangelio según San Mateo 27:28-31

Te van a crucificar, *Antifaz*. En unos días te vas a casar y eso, en tu cultura, se paga con una degradación social. Antes de tener acceso a la mayoría de edad y a la madurez, a las relaciones sexuales lícitas, autorizadas por la religión y la moral, te van a crucificar. Al igual que lo que sucedió en aquel mítico huerto, el conocimiento carnal te va a abrir los ojos al mundo. Se te permitirá el placer, pero se te prohibirá soñar. Dejarás de jugar y comenzarás a sufrir, y así pagarás el precio por ser hombre.

Te van a crucificar, *Antifaz*. Te van a exhibir como los romanos hacían con los condenados a muerte, te van a pasear delante de una muchedumbre sedienta de sangre, te van a humillar, te van a desnudar, y van a hacer visibles los signos de tu virilidad. Te van a escupir cerveza en la cara, en medio de las risas de aprobación de los que te están permitiendo formar parte de su núcleo al acceder a las responsabilidades y beneficios de la edad adulta. ¿Dónde quedaron tus sueños, los del niño aquel que pensó en cambiar el mundo? Sepultados bajo el peso agobiante de la realidad. Tuviste que cambiar, tuviste que aceptar que los héroes solo existen en las revistas y en las películas. Por eso soportas la humillación con esa sonrisa de cordero impotente que desea ser incluido en el club de los machos cabríos.

Te van a crucificar, *Antifaz*. Te van a desnudar y te van a dejar que corras por un bosque a oscuras, protegiendo con tus manos tus partes íntimas para evitar que la rama de algún árbol termine impunemente con los hijos y nietos que esperan escondidos en el receptáculo de tus genes el momento de ser liberados. Y al finalizar la agitada carrera entre la vegetación somnolienta vas a llegar a un claro y ahí, esperándote, estarán tus ropas. Pero no será tan fácil recuperarlas. Primero vas a tener que rogarles a los verdugos que las custodian que te las devuelvan, otra parte de la humillación disfrazada de bienvenida al clan que te quitará tu identidad, que te absorberá, que te neutralizará, ignorando tu historia y convirtiéndote en un satélite, siempre orbitando, pero nunca formando parte de él, y que encima te hará limpiar la mugre de sus baños.

Como toda crucifixión la tuya será también dolorosa, pero sus ejecutores tendrán que vivir constantemente con el recuerdo de la infamia—así como vos con el de la muerte de *Antifaz Negro*—porque estas cosas nunca se olvidan. Están ahí, interrumpiendo nuestros sueños o asaltándonos durante el día, aún muchos años después de que transcurrieron. Sin embargo, tengo buenas noticias para vos. Al cabo de un tiempo habrá una resurrección y *Antifaz Negro* regresará y se unirá a tu ser, como el agua se une con la harina para hacer el pan. Y será imposible separarlos porque ambos serán uno. No tendrás que invocarlo, quedará bordado para siempre en los pliegues más íntimos de tu ser.

EPÍLOGO
RESURRECCIÓN

Hoy te despertaste, *Antifaz*, y te diste cuenta que el Dios que había regido tu vida desde que eras niño había desaparecido. ¿A dónde te has ido?, le dijiste, ¿Por qué me has dejado solo? ¿Acaso no te gustaba mi compañía? Pero no te respondió. Con curiosidad empezaste a buscarlo por todas partes. Hondeaste en lo profundo de tu alma y no estaba allí. Preguntaste por él y te mandaron a orar. Lo hiciste, pero no hubo respuesta. Silencio absoluto. Fuiste a la iglesia y no lo sentiste. Finalmente, se te ocurrió buscarlo en su libro. Abriste la Biblia y sí, ahí estaba, casi en cada página: en el relato de la creación, en el huerto de Edén, en las historias de los patriarcas, en Egipto, con Moisés y Faraón, en el paso del Mar Rojo, en el ministerio y la muerte de Jesús, en el apocalipsis. Pero ya no era el Dios que creías haber conocido. Ahora parecía mas bien un Dios, otro más, casi un ídolo. O él cambió—pensaste—o el que cambió fui yo.

Fue ahí que te diste cuenta que no te había abandonado. Vos lo habías abandonado a él. Esa mañana sentiste su ausencia porque dejaste de pensarlo, y cuando no lo pensamos Dios deja de existir pues es solo el producto de nuestra imaginación. Y, aunque absurdo, decidiste escribirle una carta. La carta decía así:

A pesar de que me sorprendió tu partida tan repentina, ya la venía anticipando. No nos hemos comunicado mucho últimamente porque he estado sintiendo que ya no te necesito como antes. He descubierto que vivo bien sin vos, es más, vivo mejor, más feliz, con menos culpa y sin miedo a la muerte. Sí, escuchaste bien, sin miedo a la muerte, porque sé que no estarás esperándome del otro lado para juzgarme por la sencilla razón de que no hay otro lado, no hay un mas allá, ni juez que juzgue a nadie pues no hay nada que juzgar. Lo que pasó, pasó, y cada uno hemos tenido que enfrentar las consecuencias de nuestras decisiones mientras vivíamos.

Ahora mi vida tiene sentido sin tener que aceptar tu existencia. De hecho, tiene más sentido. Vos ponías límites a mi humanidad, me hacías depender de tu voluntad, me esclavizabas, me oprimías, ignorabas mis sentimientos, censurabas mi capacidad de pensar a menos que lo hiciera de acuerdo a tus deseos. ¿De qué sirve tener un cerebro, que supuestamente me diste, si no puedo utilizarlo libremente? Por eso he decidido, después de pensarlo por muchos años, que es hora de que nos separemos. Estoy cansado de que me digas lo que tengo que hacer y me intimides. Ya no soy un niño, y no necesito más un padre. Recuerdo cuando supe tener dos, el terrenal y vos. Pero eso ya pasó, crecí.

Ha sido interesante imaginarte, pero tenés que aceptar que ya no te necesito. ¿Por qué? —me preguntarás. Bueno, porque sos irrelevante para entender la realidad. La realidad es lo que es, la naturaleza, y yo soy parte de ella. No preciso una Causa Original o un Creador Todopoderoso que me la explique. Y además otra cosa. Si querés que te diga la verdad, me cansé de adorarte, de postrarme delante de ti golpeándome el pecho y recitando el mea culpa. No merecés ser adorado. En primer lugar, porque no sos una buena Deidad, al menos a juzgar por los textos sagrados del cristianismo, el judaísmo y el islam. Me da vergüenza leer en la Biblia algunas de las cosas que se dicen de vos, por ejemplo, que mandaste a matar mujeres y niños por el solo hecho de que adoraban a otros dioses, o que le sacaste la tierra a un pueblo y se la diste a otro al que supuestamente habías escogido, y, la peor de todas, que sacrificaste a tu hijo para saldar las culpas de la humanidad. ¿En qué cabeza cabe substituir una víctima por otra? sobre todo si se trata de tu propio hijo. Además, ¿quién te dio el derecho de asumir que me parece bien que otro pague por lo que yo hice? En realidad, me parece denigrante. Yo soy un ser humano responsable por sus acciones y me hace sentir muy culpable al ver a otro morir en mi lugar, a menos que ese haya sido tu propósito desde el principio, hacerme sentir culpable así vos podías acudir en mi ayuda para que yo te lo agradeciera eternamente.

Y ese símbolo sangriento y macabro, la cruz, también me cansé de ella. Representa todo lo que odio: el asesinato, el abuso, la vergüenza, el horror. Si sos el Dios que decís ser, ¿no podrías haber hecho algo para detener la crucifixión, como hiciste en el caso de Abraham antes de que llegara a sacrificar a su hijo Isaac? Claro, de eso hace ya mucho tiempo y quizás te olvidaste (¡y yo que creía que eras omnisciente!). Por eso, porque sos tan incoherente y tan violento, he decidido dejarte.

Requerir que te adoren, que te pidan, que te rueguen, que se postren delante de vos, es síntoma de una gran inseguridad oculta detrás de un gran ego. Aunque me parece que hay también otra razón: la terrible y deprimente soledad en la que vivís. Como decía alguien,[10] "el cielo es bueno por su clima, el infierno por su compañía". ¡Qué deprimente debe ser que todos te invoquen solo cuando te necesitan, que te tengan miedo y que nadie se interese por tus problemas porque asumen que no los tenés! ¡Y vos que creaste al ser humano para que te haga compañía! Como bien dice el refrán: "Cría cuervos..." Bueno, ya sabés cómo termina...

La verdad es que no quisiera estar en tu lugar; la soledad es mala compañía, como decía mi padre, y es cierto. Pero, aunque quisiera decirte que me siento culpable por haberte abandonado, no voy a hacerlo. No quiero empezar de nuevo con eso de la culpa porque ya te dije que me libré de ella cuando me di cuenta que no existías sino en mi imaginación, de manera que si no existís no podes experimentar la soledad ni yo tampoco la culpa. Es complicado, ya lo sé. Si existís, soy un esclavo de tus caprichos, y si me libero de ellos, dejás de existir. Y para serte honesto, si tengo que elegir entre ser esclavo o libre, elijo lo segundo, y si alguien tiene que morir prefiero que seas vos y no yo. Lamento tener que decírtelo, pero es lo que siento. Espero que me entiendas y no te ofendas...

Al terminar de escribir sentiste que habías vuelto a vivir como cuando eras niño, sin Dios, sin culpa, sin miedos, sin esa presencia permanente del Padre celestial en cada rincón de tu ser. Fue como una resurrección.[11] Bajaste al jardín y la naturaleza te

---

10. Mark Twain
11. En *Así habló Zarathustra* Nietzsche escribe: "... Dios ha muerto... Solo desde que se ha acostado en

invadió los sentidos con los colores y la fragancia de la primavera; respiraste profundamente y tus pulmones, saciados de oxígeno, confirmaron que estabas vivo. Fue entonces que escuchaste esa pequeña voz dentro tuyo diciéndote: "Ahora tu vida te pertenece, *Antifaz;* nadie puede decirte cómo vivirla, ni siquiera dios .*(De paso, ¿te diste cuenta que escribiste dios sin mayúscula por primera vez?)* Ahora sí sos feliz". Y tuviste ganas de jugar.

---

la tumba has vuelto a resucitar."

SOBRE EL AUTOR
Osvaldo D. Vena

Nacido en la Argentina, cursó sus primeros estudios teológicos en el Instituto Bíblico Buenos Aires (IBBA) donde recibió un bachillerato en teología. Su maestría en divinidades es del Seminario Teológico Bethel en Saint Paul, Minnesota, y su maestría en teología de Princeton, New Jersey, ambas instituciones en EEUU. Recibió un doctorado en teología del Instituto Superior de Estudios Teológicos (ISEDET) en Buenos Aires. Luego cursó estudios de pos doctorado en la universidad de Edimburgo, Escocia. Fue ordenado pastor por las Iglesias Reformadas de la Argentina y durante veinticinco años se desempeñó como profesor de Nuevo Testamento en el Seminario Teológico Garrett-Evangelical en la ciudad de Evanston, en el estado de Illinois en EEUU.

Es autor de varios libros y artículos en inglés y en castellano. Su primera novela, *Roya*, fue publicada en el año 2018 por Editorial Dunken.

CPSIA information can be obtained
at www.ICGtesting.com
Printed in the USA
LVHW020857280920
667265LV00006B/513